帽看動物冷知識

New window 新視野73

超噓！！男子漢

空中的人形醫生之爆笑事件簿

劉立群◎著

高寶書版集團

NW 新視野 073

超嘘!!男子漢：空中的人形醫生之爆笑事件簿

作　　者：劉立群
總 編 輯：林秀禎
編　　輯：蘇芳毓
校　　對：陳靜修
出 版 者：英屬維京群島商高寶國際有限公司台灣分公司
Global Group Holdings, Ltd.
地　　址：台北市內湖區洲子街88號3樓
網　　址：gobooks.com.tw
電　　話：(02) 27992788
E- mail：readers@gobooks.com.tw（讀者服務部）
pr@gobooks.com.tw（公關諮詢部）
電　　傳：出版部　(02) 27990909　行銷部　(02) 27993088
郵政劃撥：19394552
戶　　名：英屬維京群島商高寶國際有限公司台灣分公司
發　　行：高寶書版集團發行/Printed in Taiwan
初版日期：2008年12月

國家圖書館出版品預行編目資料

超嘘!!男子漢：空中的人形醫生之爆笑事件簿 / 劉立群著. -- 初版.-- 臺北市 : 高寶國際, 2008[民97]
面；　公分

ISBN 9789861852508(平裝)

855　　97021018

超噓!!男子漢

空中的人形醫生之爆笑事件簿

序

硬漢＝逆境＋勇氣＋堅持

關於逆境，列別捷夫說：「平靜的湖面，練不出精悍的水手；安逸的生活，造不出時代的偉人。」

關於勇氣，卡耐基說：「勇氣是衡量靈魂大小的標準。」

關於堅持，約翰遜說：「偉大的作品不是靠力量，而是靠堅持來完成的。」

硬漢，則是集三者於一身。

硬漢總是會遇到逆境，但也總是可以用勇氣和堅持來克服，然後不知道為甚麼又會再遇到下一次的逆境，彷彿是糾纏的宿命，讓人搞不清究竟是詛咒還是試煉，但可以確定的是，不被逆境所打倒的才是真正的男子漢！

更具體來說，硬漢就是：

「我是男塾塾長江田島平八！」

「完畢！」

一個能在戰爭中一人殲滅數千美軍，被美國總統稱為「若有十個江田島，則日本早已勝出戰爭」，晚年甚至能把自己綁在墜落的衛星外面，從外太空安然穿越大氣層回到地球的傳奇男人所說的話，絕對沒錯!!

補充說明：

一、不懂這篇序後半段在說什麼的人，代表你宅得不是很嚴重，還有得救，可以直接跳過，這並不妨礙對這整本書的理解和閱讀。而想進一步了解的人，可以去閱讀男子漢必讀三大漫畫之一的《魁!!男塾》。

二、公認男子漢必讀三大漫畫之一，還有《北斗神拳》，至於最後一本則爭議很多了，未有定論。

·目　錄·

3 男子漢的堅持

4 附錄：硬漢觀察室

Chapter 1
男子漢的逆境

逆境，是硬漢的養分

一定有不少人常常覺得，自己的身邊處處充滿了逆境，要什麼就沒有什麼，好不容易同花大順只差一張A士，卻偏偏了來了張癟三！

今天要追的馬子，明天就會被最好的朋友把走。

明天要跟女校聯誼，今晚一定會感冒發燒。

好不容易要到的聯絡方式，就天殺的會消逝在洗衣機的水流之中。

彷彿，天煞孤星才是你真正的命格，去死團才是你永遠的依歸。（註一）

那麼，除了看破紅塵皈依我佛，做個六根清淨的出家人，我們還有別的選擇嗎？

有的，那就是「硬漢路線」!!

要知道，逆境無時無處不存在，要前進就必然會有阻力，所謂的逆境，不過是上天給你的考驗罷了，但唯有克服各種阻力，勇往直前，才能成就真正的硬漢！

孟子曰：「天將降大任於斯人也，必先苦其心志，勞其筋骨，餓其體膚，空乏其身，行拂亂其所為，所以動心忍性，增益其所不能。」

上天將要把重大使命指派給某人，一定要先使他的意志受到磨練，使他的筋骨勞累，使他的身體忍飢挨餓，使他備受窮困之苦，做事總是不能順利。這樣來撼動他的心志，堅韌他的性情，增長他的才能。

《菜根譚》也說：「居逆境中周身皆針石之草藥，砥節礪行而不覺，處順境內，眼前盡兵刃槍戟，銷膏磨骨而不知。」

一個人如果生活在艱難困苦的逆境中，那周圍所接觸到的全是有如針灸醫藥般的事物，在不知不覺中會使你敦品勵行，把一切毛病治好。而一個人如果生活在無憂無慮的順境中，那就等於在你面前擺滿了刀槍利器，在不知不覺中使你的身心受到傷害，走向失敗之途。

在在都顯示了，所謂的逆境，不過是上天想要突顯你的不凡，鍛鍊你的才能。

英國的病理學教授貝弗里奇說：「人們最出色的工作往往是處於逆境的情況下做出的。思想上的壓力，甚至肉體上的痛苦都可能成為精神上的興奮劑。」這句話並不是告訴你滴蠟燭會比較爽快，綁麻繩會比較有快感，而是告訴你人性本來就是避難趨易，在順境中人容易變得驕傲、自滿，造成怠惰、懶散。就像孟子所說：「生於憂患，死於安樂。」只有在逆境中人才能把壓力變成動力，朝成功邁進。

基督教說：「人，天生就是帶著原罪。」

而硬漢，天生就是要面對逆境的！

「所謂的逆境，乃是指事不從人願的情形，及處於不幸狀態下的意思！」我

很喜歡的一部日本電影「逆境九壯士（台譯：功夫棒球）」，一語道破逆境的定義。

想要成功，想要成為人人稱羨，了不起的硬漢，就要先認識逆境，面對逆境！

本書以下篇章就介紹我身邊的例子。

註一：去死團，全稱為「情人節去死去死團」，最早的類似團體出現於漫畫《去吧！稻中桌球社》，目前則是由一群單身、痛恨情人節的人所組成的惡搞團體，目的是匡正腐敗糜爛的資本主義戀愛觀，以期將來有一天能建立純愛的個人後宮世界。

好人的逆境

曾經看過某位網友的簽名檔，是這樣的：

除暴安良是我們做市民的責任，而行善積德也是我本身的興趣，所以扶老太太過馬路我每星期都做一次，遇到星期天和國定假日有時也做三四次。（——電影「破壞之王」）

一看就知道是個好人，毫不意外的，他常常被女生當免費的「電腦長工（幫修電腦）＋代標機器人（幫買東西）＋馱獸（司機兼運貨員）」。

也不知道他到底是另有所謀，還是被灌輸了什麼奇怪的宗教觀念，他一直篤信著好人有好報。

不論其他網友怎麼勸他別幹蠢事了，他還是依然故我，樂此不疲。

後來，聽說有次他又去幫女生修電腦。

一樣的大太陽，一樣濕熱的夏天，不一樣的是，這次小學妹居然**打扮好**還穿著細肩帶在家裡等他！

他心中十分激動，以為上帝終於看到他的努力，他辛勤播下的種子，今天終於要發芽了。

面對可愛的女生，拙於言詞的他一方面想說點什麼，一方面卻又汗水直流。

他口乾舌燥，腦子一片空白，雙腳抖個不停。

可愛的學妹抬頭盯著他看：「你是不是要說什麼啊？」

「可惡，這不是大頭狗的**萌萌模式**嗎？」他吞了口口水。

「太可愛啦!!快給我台相機，啊不是，是快點給我靈感，隨便講什麼都好啊!!」他簡直快要崩潰了，只恨命運之神給了他機會，卻又不給他台詞。

「對了。」他靈光一閃。

「沒有啦，我只是想說今天天氣真好啊。」他推了推眼鏡，望向窗外耀眼的陽光和棉花糖般的白雲……**他很想流淚**。

「棍！這是什麼狗屁台詞啊！」他在心中不斷地用頭撞牆。

「你跟我想的一樣耶……我也這麼覺得呢！」學妹食指交叉在胸前，一邊微笑一邊可愛地說著。

出乎意料之外，學妹不但沒吐嘈還十分高興……的樣子？

「這個世界真的有神啊……神啊……真是太感謝祢了！」他心中暗暗發誓，這次回去一定要買條新內褲（？），還要吃素三週謝神。

「所以啊……」學妹接著說。

「所以？」他心想，該不會學妹裡面已經事先穿好比基尼，打算直接約他去水上樂園了吧。

「可是我不太會游泳耶。」他傻笑著搔頭，一不小心就把自己的妄想給說出口了。

「嗯？你說什麼？」學妹又用大頭狗模式看他了。

「啊哈哈哈！沒有沒有，」他連忙搖手「妳接著說吧。」他趕緊說道。

「喔……所以啊……這麼好的天氣，我等一下要跟男友出去，今天晚上不回來了。」**啥？**

「所以等一下你弄完，麻煩幫我把門鎖上再走喔……謝謝你了。」**啊？**

「……我知道了。」他臉上的笑容完全僵掉。

「我就知道你人最好了……掰掰……」可愛的學妹一邊揮手一邊把門帶上。

他目送學妹離去。

「砰！」關門聲重重地敲在他心頭上。

「可惡!!好個屁!!」、「我就知道這個世界上沒有神!!」他淚流滿面地對天狂吼。

於是，他整個下午都在幫學妹灌系統，學妹的男友整個晚上都在幫學妹灌漿。（註一）

大家都度過歡樂無比的一天。

之後，他的簽名檔就換了：

壞人守則：

橫刀奪愛才是愛，從中破壞不算壞。
被當好人太悲哀，還是推倒最實在。
（為了通順，我修改過一點）

看完之後，只能說……有股淡淡的憂傷。

俗話說：電腦修得好，要飯要到老。系統灌得好，領卡領到爆。奉勸還在當「電腦長工（幫修電腦）＋代標機器人（幫買東西）＋馱獸（司機兼運貨員）」的男性們，想當好人可以，但請不要當**爛好人**。

如果是為了達成某些怨念，相信還有許多更好的方法，修電腦這個爛方法，在H-Game 中也從來沒有成功過。

以下附贈另一位網友的簽名檔：

那一日，如往常，我與妳在線上相遇。
妳傳了一個訊息問我：ＭＳＮ如何封鎖？
善良的我問：為何要封鎖呢？
妳說：我很討厭一個男生，他很煩！
單純的我回答：只要在名字上按右鍵封鎖就可以了！
不知為何，當下妳就已離線。
至今，如往常，未曾與妳在線上巧遇。
思念妳的惆悵，有一股淡淡的哀傷……

註一：灌漿，對空隙填入化學黏液，使建築物更堅固。

麥當勞的逆境

不知道大家有沒吃到過沙鍋的經驗，我說的不是沙鍋大的拳頭，而是沙鍋。

在某個要回台灣的早上，我因為比預定時間早了一個小時到車站，所以東晃西晃沒事情做。在車站外亂逛了一陣子之後，突然想到飛機是下午的，等一下搭新幹線也是路途遙遠，搞不好一個不小心就餓起來也難說。

我煩惱了一下，「嗯，還是到附近的麥當勞買點東西到車上吃吧。」沒想到才剛決定完，頭一抬，人已經站在麥當勞的招牌下，連我自己都嚇了一跳。

「咦！怎麼麥當勞已經到了？……」難道這就是**嘴巴上說不要，身體倒是挺誠實**

的嗎？」我摸著頭走進麥當勞，點了一份雞塊餐外加一個漢堡，結帳金額一共六百三十元日幣。

我拿出錢包付錢。

「來，這是您的零錢，四百元。」

「啊？」我很驚訝。因為在掏錢之前，我為了想拿回整數所以故意多拿了一百，印象十分深刻，可是現在找回的零錢居然不是一個五百，而是四個一百！沒關係，俗話說得好：「危機就是轉機！」雖然結帳櫃臺站的是可有可無的男服務員，但櫃臺內部的其他女服務員長得還不錯。**這時候，金額，已經不是重點了**。

我擺好帥氣的角度，調整好帥氣的音量和音調，用著旁人看來極富文人氣質，靦腆中帶著堅定，剛毅中卻又帶著溫柔的姿態，令人感到小小不安卻又無比魅惑的聲音，就像是歌唱大賽第一名的參賽者在他得獎的那首歌當中，拉長結尾所帶出的那個略帶哭腔卻又令人感動的抖音……用了連我自己都覺得**做作**的姿態，撥了一下頭髮說：「抱歉，你是不是少找了一百塊給我呢？」太帥了……不過如果再灑點落葉，放兩隻鴿子進來應該可以更完美。

男服務員看了一下我，又看了一下旁邊的女服務員，再看了一下我，然後心不在焉的對我說：「真的嗎？那我馬上檢查一下，不過因為要盤點所有收銀機的金額，然後比對機器內的資料，所以要花一點時間喔，你在旁邊等一下……對，旁邊一點，再旁邊一點。」由此看出這位服務員也認為金額已經不是重點了，這是男人之間的戰爭。

時光飛逝，雖然男人間的戰爭很重要，但是我今天必須搭到飛機這件事更重要，不過還好我還有時間，所以我決定跟他耗到最後一刻，看看到底是誰勝利！

其間因為不耐煩，我大概瞪了那混蛋三次，欣賞了櫃臺裡面的女服務生八次，終於在二十分鐘後他真的把整家麥當勞收銀機的錢全部結算加總完畢，然後他說：

「我算了兩次……，」

故意讓我等了那麼久是吧，你以為這樣我就會認輸嗎？太天真了！

「收銀機裡面的錢不但**沒多出一百，還少了十元**，所以……。」

啊？你想說什麼？你以為你贏了嗎？難道你不覺得，如果你今天能少十元，為什麼不能少一百一十元？我的一百元明明就在裡面啊！你給我去調一個月之內的紀錄!!

不過想歸想，眼見搭車時間逼近，實在沒空再這麼比拼下去，只好先就此認賠，揮別女服務生，拿了餐點就走了。

臨走前，我瞥見那個男服務員得意得嘴角直往上翹，當時我不以為意，以為就此結束，哪知原來這混蛋留有後著。

十分鐘後，我人已經在新幹線上坐定，把手伸進紙袋摸索，正打算先享用雞塊時，我摸到了一硬一軟兩個物體。我直覺地把軟的拿出來，準備一口咬下，結果居然是塑膠硬殼的調味料包！

這是什麼狀況？

這意味著，如果我是個盲人，我到餐廳點了一份沙鍋魚頭，我摸索著確認硬度之後，一口咬下去的居然是**沙鍋**，不是**魚頭**！這樣對嗎？

這意味著如果我一邊打麻將一邊吃雞塊，在沒用眼睛確認的情況下，我會把**麻將**給吃進肚子，然後興奮地把連聽九洞的九蓮寶燈（註一）給推出來後，才發現居然是付了**雞塊**的詐胡！這樣對嗎？

因此，這盒難吃的超硬雞塊影響的不光是我個人而已，還包括了點沙鍋魚頭卻啃到沙鍋的盲胞，把麻將吃了卻拿雞塊詐胡的黎民百姓，所以說，我這是為弱勢團體，為天下蒼生抱不平啊！

在此，我要嚴正譴責那個麥當勞的男服務員。你，侮辱了男人間的決鬥！

註一：九蓮寶燈是十三張麻將中，一種由單一花色序數牌按1112345678999組成的牌型，之後摸到一到九任何一張都可以胡牌。

杰克的逆境

這是我前一陣子聽到的八卦，但是如果我說得太明白，以後大概會沒朋友，所以這邊請允許我用一些不明不白的形容詞吧。

我的某位女性朋友，本來在台灣北部工作，她的男友也是。

但後來因為某些原因，我的女性朋友開始考慮換地方工作，可是這麼一來，她跟她男友就必須相隔半個台灣，非常遙遠，所以她一直很猶豫。

但就在這個時候，她男友說了一句話讓她很感動：「如果妳走，我也走！」

於是她帶著感動的心情，毅然決然地辭去了原本那份還不錯的工作，期待一個全新的開始。

坦白說，我第一次聽到這個故事的時候，腦海中出現的是「鐵達尼號」曾經帶給我的感動：You jump, I jump!

電影開演了。

一群人圍在桌邊聚賭。

關鍵時刻，有人的的命運即將改變。

「史文，兩對……」

「法布里吉歐，抱歉……」

「抱歉？我們的錢都輸光了!!」

「我很抱歉，看樣子你要很久都沒辦法跟你媽再見了，因為我們要去美國啦!!」

「哈哈，各位觀眾，葫蘆!!嗚呼……」

那天，杰克就這樣登上了「不沈之船」，鐵達尼號。

興奮過頭的杰克，在船上狂吼亂叫地逛了整天，到了夜晚……。

「好漂亮的天空，找個美女一起在這樣的星空下約會該有多好……」浪子杰克抽著菸心想。

「嘖……雖然只有一個人，風又大得亂七八糟，但至少可以不用待在那個充滿『漢臭』的小房間，也還不錯。」杰克躺在白天美女坐過的長椅上，胡思亂想著。

「答扣答扣答扣答扣……」一陣急遽的高跟鞋聲，女主角蘿絲從長椅後方跑過。

「她不是那個在早上跟一個男人吵架的胖女人嗎？」杰克想起早上那場鬧劇就覺得想笑。

「看她跑得那麼急，該不會是……想減肥吧？」身為浪子的杰克，對於不是美女的人一向很嘴賤，就算是心中的ＯＳ，也是如此。

「答扣答扣……呼……呼……呼……」蘿絲一直喘，可是杰克卻只想著：「要是這個肥女人把細欄杆壓彎了賴我頭上怎麼辦？到時候倒楣的一定是窮人啊！」因此他不由得多看了蘿絲幾眼。

蘿絲不知道有人在擔心欄杆，喘完之後，自顧自地走到船尾，翻過欄杆，一副想跳海的樣子。

杰克看了，整個人嚇到，趕緊向前。

「別跳！」靠北，壓彎欄杆就算了，現在四下無人，要是妳這個有錢的肥婆跳了，不是害我成為**最大嫌疑人**了，到時我不被妳那幫勢利眼扔下海才怪！

「退回去！別靠近！」該死，老娘本來只想預演一下明天怎麼一哭二鬧三上吊來削那個凱子，怎麼被這個渾身酸味的窮小子給看見了。

「來，把妳手伸出來，我拉妳回來。」好噁心，這讓我想起前兩天拌飯的那塊豬油。

「不，你別過來，我是認真的，我會鬆手的。」只好先演下去，等一下再想辦法脫身好了……對了，不知道我這個姿勢美不美？

「這胖女人是不是存心陷害我啊，怎麼這麼難搞。」杰克在心裡暗罵了一句。

為了更前進一步，杰克揮揮手上的菸頭，把菸丟到海裡後，他又前進了一步。

以下分為場面話，和心裡話：

杰克：「不，妳不會的。」

（賭了。）

蘿絲：「你是什麼意思？你憑什麼說我不會，你又不認識我！」

（該不會被識破了吧？）

杰克：「要跳早跳了。」

（好像有效？）

蘿絲：「因為你讓我分心，快走開！」

（你不走開我要怎麼收場啊？）

杰克：「不行，我已經跟妳在一起了，妳如果跳的話，我也只好跳了。You jump, I jump!」

（上船前我才用過這招把過馬子，什麼「我會永遠跟妳在一起」的，女人都吃這招的啦。）

蘿絲：「別胡說八道了，你會死的！」

（有完沒完啊，快去死死好不好。）

杰克：「我很會游泳。」杰克開始脫衣服。

（演戲演到這個份上，我也真是太敬業了。）

蘿絲：「你會摔死的。」

（這傢伙話真多啊。）

杰克：「我承認那很痛，但我比較擔心的是水很冷。」杰克開始脫鞋。

（這鞋子是哪一牌的，這麼難脫。）

蘿絲：「有多冷？」

（我現在就很冷啊！）

杰克：「非常冷，可能接近零度。」

（靠，我也很冷啊！）

接下來杰克施展自己得意的把妹技巧，想把這肥女人騙下欄杆，使自己脫離「嫌疑犯」的立場。

杰克：「妳去過威斯康辛州嗎？」

蘿絲：「啥？」

杰克：「那裡冬天很冷，我在那邊長大的，我小時候跟父親到過一個湖，在冰上釣魚，冰上釣魚就是……」

蘿絲：「我知道什麼是冰上釣魚啦！」

杰克：「抱歉。」

杰克：「妳看起來……比較少到戶外……總而言之，當時因為冰太薄，結果我掉進湖裡。我告訴妳啊，掉進那麼冷的水裡，就像被千刀萬剮一樣，妳無法呼吸，無法思考，只能感到痛苦，所以我不是很希望妳跳下去，但就像我說的，我沒得選擇。所以我希望妳下來，別讓我為難。」

蘿絲：「你瘋了。」

（蘿絲從頭到尾心裡想的都是「這窮鬼講完了嗎？你祖媽很冷，很想收工，你這個混蛋不走我怎麼收場啊？」）

「大家都這麼說，但是……說了妳別生氣，現在掛在船尾想做傻事的可不是我……下來吧，手伸過來，妳不會想跳的。」

「我是杰克．道森。」杰克伸手，轉身，使出他**把妹流程**收尾的必殺技。

「我是蘿絲．迪威特．布克特。」蘿絲一看終於有了下台的機會，趕緊順勢而上。

「妳可能得寫下來給我看才可以，呵呵，來吧。」杰克故作風度翩翩的模樣，確定了一下四周沒有目擊證人，準備牽手。

說時遲，那時快。

蘿絲剛抬腳，正要跨過欄杆，可是不知道是得意忘形還是已經凍僵，居然一個沒踏穩！

「嗚哇啊啊啊啊啊……」

噗通。

清脆而微小的落水聲，在杰克的耳中聽來卻是非常清晰，因為……

「該死，為什麼我剛剛要說You jump, I jump……說了不做以後會把不到妹啊……」出來混，最迷信……啊不是，是最講信用的杰克，此時整個人呆在原地，冷汗不斷冒出，由太陽穴滑落到臉頰，滴落。

「有了!!」突然間，他靈光一閃，微笑劃過嘴角。

他輕輕地在原地跳了一下，說：「You jump, I jump!」

然後吹著口哨回房間去了，留下寂靜的夜晚，和跟海洋化為一體的蘿絲……。

回到我那位女性朋友的故事，她男友說了那句話讓她很感動的話：「如果妳走，我也走！」，導致她毅然決然地辭去了原本那份還不錯的工作，結果她男友最後居然只是**從樓上走到樓下**，送她搭車離開而已。

難怪鐵達尼號這部電影能引起大眾的共鳴，真是部淒美的好電影啊。

附帶一提，「You jump, I jump!」這個笑點不是我原創的，很多年前我第一次看到時覺得很好笑，從此印象深刻，沒想到後來自己身邊居然也會出現差不多的事情，害我當時聽到當事人訴苦時差點爆笑出來。

癡情學長的逆境

我女朋友在台中有一個很要好的女性朋友小莎，目前就讀研究所，聽說行情不錯。

但在提到她之前，我不得不提提她神奇的老媽。

她老媽對於未來女婿必須具備的條件，有著相當特別的看法，而且還相當具體。

充分必要條件：

1. 要很有錢

2. 要濃眉大眼

3. 必須是老師

絕對不可以是：

1. 單眼皮

2. 水瓶座

3.從事銀行或保險的相關事務

神奇吧！

光是同時要滿足上面的必要條件就已經很不可能了，特別是1.和3.

不然我們調查一下：有看過有錢人當老師的請舉手。

不要說全球，就算全台灣前一萬名有錢人中，真的給他不小心跑進一位老師，而且那位老師還不小心愛上她家的寶貝女兒。但是，如果是水瓶座，如果是單眼皮，如果從事銀行或保險的相關事務……抱歉！照樣趕你出門。想結婚，門都沒有！

好了，回到正題。

小莎前一陣子有兩人同時追她，其中一個家世很好，家大業大，卻不驕傲，自己把**零用錢**省下來買了一部「百萬名車」。

是的，百萬，但我不知道幾百萬就是了。

也許有人想問，要如何勤儉持家才能用零用錢買百萬名車把妹呢？

這不是這個故事的重點，請自行問己方家長，謝謝。

一個能用零用錢買百萬名車的人，我毫不懷疑他也許在兩年前就用壓歲錢買過別墅。

那麼，像這麼樣一個有銀子、有車子、有房子的人，一定是個花花公子吧。

各位，你們跟我一樣都猜錯了，他對小莎相當癡情，而且還是個好學生。

代號：有錢的**癡情學長**。

如果一個追求者的條件如此，那另一個追求者是誰我根本就不想知道了。

我只知道，是個零用錢買不起五十C.C.小綿羊的窮學生，沒任何長處，興趣是看A片。

代號：愛看A片的**庶民**。

小莎則是還沒決定跟誰在一起，但是暫時對庶民的好感度稍微高一點點。

某日，是小莎的生日。

「我要快點把小莎小姐的生日禮物送給她。」癡情學長心裡這麼想著。

他為了這一天已經準備了很久，一切一切的努力，只是為了博得他心中的女神一笑，只希望她能開心的拿著禮物，對自己說聲謝謝。

但無奈自己還是個學生，一切也只能等這門課結束再說。

更何況，跟小莎小姐約定的時間是在晚上，自己現在這樣跑去，好像也太突兀了點。

想著想著，臉不知不覺就紅了起來。

「嗯，雖然很想早點見到小莎小姐，但還是照原訂計畫吧。」他悄悄地在心裡說著。

課程剛結束，一個年輕人開著車快速地從研究所離開。

「離約定時間還有三個小時，先到了的話，只要再等兩個半小時就行了。」癡情學長興奮地自言自語。

「好想快點看到小莎小姐，如果她看到這份禮物，一定會很高興的。」

「禮物啊禮物，如果你等一下見到小莎小姐，一定要向她傳達我的心意喔。♥」等待紅燈的時候，癡情學長低頭對著身旁準備多時的禮物，說出連小學生都會感到害羞的語句，一副得了愛情絕症的模樣。更可恥的是，語句的末端還有心號。

突然間，路旁的巷子，衝出一輛小轎車，駕駛者是一位高中輟學生。就這樣硬生生的撞上癡情學長的車，連禮物一起撞碎了。

癡情學長傷得很重，也因為嚴重腦震盪，有失憶的現象。

當小莎去看他的時候，他什麼都不記得，不記得自己，不記得家人，但是他嘴中不斷說著重複的話：「**禮物……禮物呢？小莎……禮物……快點……**」

各位，看到這邊，你們是不是跟我一樣，根本就忘了還有一位庶民同學的存在。

癡情學長的故事發展到這邊，根本就已經犯規了！

喂……保安！保安!!這裡能讓人這樣，又有錢又癡情，又癡情又失憶的嗎！

哪有人會發生這種只有在言情小說或是偶像劇裡面才會出現的事啊!!

如果你是小莎，你會如何呢？

（提示：癡情學長沒有斷手斷腳，後來也恢復記憶了，沒有變成白痴。）

我插播一下我的感想吧。當我聽到這個故事，我腦海中浮現的畫面是：

苦練至今，背水一戰的「癡情學長隊」對上散漫隨便，整天只想**盜壘**和強迫取分的「庶民隊」。

球賽進行到九局下半，兩人出局，一壘有人，兩好三壞。

癡情學長隊目前由於不知名原因還落後**庶民隊**一分，這是癡情學長隊最後一次進攻的機會。

現場觀眾全都屏息以待。

雙方教練跟播報員也全都盯著球場中央的主角雙方，庶民隊王牌投手，以及癡情學長隊第四棒。

投手投出。

打者用力一揮，球往三壘方向飛去。

所有觀眾的頭都仰得好高好高，球在空中畫出完美的弧線。

「球在空中越過全壘打牆了，這是一支毫無疑問的再見全壘打!!」

播報員喊得聲嘶力竭，連一隻腳都踩到桌上了。

癡情學長隊的教練興奮得對著椅子跳上跳下，還敲著胸口大吼大叫，活像一隻大猩猩。

現場觀眾瘋狂地鳴按喇叭，尖叫！甚至有人還當場抱頭痛哭，擁吻。

「贏啦……！」

全台灣所有收看轉播的觀眾，腦海中都抱持著同樣的想法。

就在這個時候，突然大風一陣……球倒退飛了?!

還轉了個直角，就這麼直直落在正在打哈欠的三壘手的左手手套裡。

不但接殺，還……雙殺！

癡情學長隊的第四棒，當場……「完全燃燒」了。

回到現實，這位失憶的癡情學長，恢復記憶後得知的第一件事，就是，小莎選擇庶民當男朋友。

原因：庶民比癡情學長**帥了一點**。

很難接受是不是？

但有什麼辦法，就像我上面講的小故事：主宰這場比賽的**神**「小莎小姐」，她硬要讓球倒著飛，還轉直角！

身為觀眾，能有什麼辦法？

故事到這邊結束了，我想說：

「帥就能插隊嗎？帥就能中出內射嗎？這世界還有天理嗎？還有王法嗎？陳水扁到底要不要下台啊？」

反正就像笑話（註一）講的一樣，臉蛋跟身材才是王道吧。

對了，不得不提的還有，小莎的男朋友，不但順利逆天，抱得美人歸，而且**水瓶座，單眼皮，小眼睛**，還想到**銀行**工作。

小莎他媽要的，一樣都沒有！全部都不符合!!
但那又怎麼樣，反正人家就是多帥那麼一點。
不服氣嗎？過去用力摜他個幾拳啊!!
千萬別跟我客氣啊，我為人很海派的。

註一：網路笑話：經理的女秘書

公司經理要徵選女秘書，最後有五位小姐參加面試……
為了測驗她們的性格，經理出了一個很簡單的題目：「一加一等於？」，讓
人事主任請她們一一回答……
第一位面試者進來了，人事主任問道：「一加一等於？」
她非常快速的回答：「二。」
經理的評語：「做事非常果斷，但是缺乏思考！」

輪到第二位了，人事主任問道：「一加一等於？」
她想了一下說道：「應該是二吧。」
經理的評語：「做事前會思考，但是做決策時優柔寡斷！」
輪到第三位了，人事主任問道：「一加一等於？」
她想了一下寫在紙上：「一加一等於王。」
經理的評語：「很有創意，但是缺乏務實性！」
輪到第四位了，人事主任問道：「一加一等於？」
她說：「數字為二，國字為王。」
經理的評語：「考慮周詳，但是模糊了真正的焦點！」
到了第五位了，人事主任問道：「一加一等於？」
她說：「數字為二，國字為王，但是真正的答案只有經理知道，只要經理希望是二就是二，希望是王當然就是王囉！」
人事主任：「這位小姐總不錯了吧？」

經理的評語：「各方面都不錯，可是有拍馬屁的嫌疑！」

看到經理似乎對應徵人選都不滿意，人事主任只好先請這些小姐回去等候通知，他很為難地問經理：「請問經理決定哪位人選？她們基本上表現得都不錯呀！」

經理：「嗯，就選穿迷你裙，胸部最大的那位吧！」

初戀的逆境

在徵得我一位好朋友的同意之後，我在此將他的初戀故事寫出來。對了，他本人聲明，**他不是宅宅**。

雖然他有裝動畫專用的硬碟和DVD布丁塔（硬碟讀取過多燒壞多次），雖然他有專門下載動畫用的帳號（網站因為不明原因倒了），雖然我們有一起光顧過台灣第一家女僕咖啡廳（不明原因倒了，估計跟食物難吃有關），雖然我們每次見面地點都在漫畫店和網咖（常去的那幾家都倒了），雖然他跟我一起熬夜畫圖參加過同人誌展（社團因為不堪虧損倒了），雖然我們每次見面聊的話題總是脫離不了動漫（這個……要怎麼倒？不過日本動漫雜誌關了好幾本月刊連載倒是真的），但我為了感謝他以前老是燒動畫給我的恩情，我在此幫他聲明：「他絕對不是個宅宅!!」

我這位好友他有一個很特別的地方，就是他的手紋是「**斷掌**」，大家也應該從上面的例子「們」看出來了，他這個人十分帶賽，帶賽到他的初戀也是非比尋常。

其實說初戀有點不對，應該是「初單戀」才對。

以下正文開始，全篇採聊天模式敘述。

「你是什麼時候認識她的？怎麼認識的啊？」

「當時我還在讀藥學系四年級，被派到醫院當實習藥師，每一天都要去開會，我是去開會的途中在大廳看到她的，大概是九、十月，當時她一個人坐在輪椅上好像在等人，眼睛大大的，有著及肩的褐色長髮，皮膚很白。」

「嗯嗯，然後呢？」

「我剛好經過，就瞄了一眼，當下驚為天人！心想：『怎麼會有那麼可愛的女孩呢！』於是就鼓起勇氣跑去搭訕。」

「你人生第一次搭訕喔？」

「是啊，證明我眼光奇準！」

「我這輩子還沒搭訕過咧，你是怎麼搭訕的啊？」

「我就跟她說：『我是在這邊實習的藥劑師，請問妳住哪裡（病房）啊？我能跟妳交個朋友嗎？』，她跟我說她住在某棟病房，她給我病房號，但因為那時我還要去上課，所以我記下來隔天午休就跑去找她囉……」

「然後呢？」

「然後我就天天去找她，午休去，下課也去！我們是五點下課，我都在那待到快八點才回家。」

「醫院在你們學校？」

「沒有，我們實習時不用回學校，上課也都在醫院上。」

「喔……這樣看起來發展不錯啊，她沒男友嗎？也都沒人來探病嗎？」

「嗯……我先說說她入院的原因吧，她男友（沒駕照）載著她兜風，結果酒駕失速撞到安全島，結果她整個人彈出車外，造成她頸椎以下幾乎不能動。動了好幾次手術加上奇蹟（醫生說的），所以她現在可以自己推著輪椅趴趴走，也可以扶著東西慢慢走。」

「靠，太強了！」

「更奇蹟的是，她那狗屁男友幾乎沒受傷，全車包含後座那幾個朋友，就她最嚴重。」

「因為他男友有繫安全帶？還是只有女主角沒繫安全帶？」

「她沒說，不過現在想想可能沒有。」

「她男友後來人呢？沒來探病喔？朋友也沒來嗎？不然你怎麼約會啊？」

「她男友一次都沒到醫院來看她，她朋友我有看到過幾個。聊天的時候，她提不少次她家裡情況。」

「她說她爸年輕時很風光，後來厭倦江湖日子，就退休了，但是常常有人拜託他爸喬事情，她爸都沒答應，因為退出江湖已久，是是非非已經離他太遠了，這次是因為他女兒出車禍，她男友卻一點歉意都沒有，所以他非常不爽，才會叫一群小弟把她男友家的店面全砸了，然後把她男友海扁一頓……以上是她說的，現在想想有點恐嚇我的意味，搞不好是要試我的膽量。」

「哈哈，那她應該說：『想追我的話，至少要能夠撐得過我老爸三拳！』她男友還開店喔？沒叫他小弟去肛她男友？」

「好像是她男友家裡開的吧，都砸店了，所以兩個人就分囉……」

「對了，你覺得她跟我說那麼詳細是意味著啥啊？」

「應該是叫你想清楚，不要始亂終棄，不然下次沒店砸就只好叫小弟……欺負你了。」

「我家沒店面，哈……危險的女人最美麗。」

「應該是美麗的女人最危險！」

「我有點好奇，黑道這行退休還有錢領嗎？不然手術也不少錢吧。」

「應該是年輕時存的吧，早期黑道很好賺呢……不像現在，薄利化的年代。以前都是人多就可以圍事，現在都不行了。我有一個國小的好友，她媽媽那邊的表哥就是開堂口的，不過很難賺錢養小弟，所以現在投資服飾業和工程，賺了不少。現在黑道有本事的都企業化經營了，那種弄刀槍的都是小咖……以上是我國小朋友說的。」

「是喔！」

「嗯嗯，不過這也是好現象啦，你看香港還不是黑道在經營娛樂圈，黑道好賺就證明警方無能！」

「香港也真怪，都回歸那麼久了，怎麼還有黑道……」

「是啊，不過現在黑道拼命要漂白。」

「呵呵，反正做生意也可以幹壞事，而且還比較體面，私下來暗的就行了。」

「是啊。」

「她講話好笑嗎？有台灣國語嗎？」

「講話還好耶，沒有台灣國語，而且我沒聽她說過台語，大部分時間都是我講話，她聽，然後微笑。她很少訪客，菸抽不少，所以我常常跟她說要少抽點……也許就是這樣才分的。（淚）」

「我突然想起來，她問過我有沒有性經驗，我說沒有，她說：『怎麼可能啊！』然後就說我太遜了，她表妹才國一就到處睡了。」

「天啊！」

「但是她說她那樣太誇張，要是是她女兒，一定扁到太平洋去！不過她看了看我，也說我也挺誇張的……奇怪，我那時宅味應該掩飾得很好才對……」

「這樣看來，其實你們應該是挺不合的，價值觀差異頗大，背景也差很多。」

「其實我後來想想，那時分手是對的，她其實算心地善良，沒有讓我付出太多感情，否則她一個人在醫院，又沒人陪她聊天，何必那麼早把我趕走呢？」

「所以大哥的女兒心地很善良，哈……不過像她那種的女生應該很多玩伴啊，怎麼都沒來找她，真不夠朋友。」

「我去找她的五天裡面，來看過她的只有她阿姨。對了，她的阿姨很勁爆呢！有一次我去找她，發現有一個穿著五顏六色衣服的人很高興地在和她聊天，後來她跟我說那是她阿姨。」

「為什麼勁爆？」

「因為她穿著『好像是』土耳其民俗風的衣服在大街上走，超怪……具體形容起來，比較像是一個胖胖的人穿著肚皮舞的表演服去醫院探病。我那時還問她：『妳阿姨有在學民俗舞啊？』她說穿成那樣是她阿姨的興趣。」

「哈，真是奇怪的興趣。對了，她不是差點癱瘓？不用復健嗎？」

「她就是去榮總復健和做手術的，榮總的神經再生科很強。她算運氣好，聽說神經被拉斷，扯到剩一絲絲，再生時可以沿著那一絲慢慢長，所以手術後還算好，如果完全扯斷，那神經再生時就會沒有方向。」

「剩一絲絲就可以復原喔？」

「對啊，剩一絲，神經就有點像橡皮筋，彈性很夠，所以可以拉很長，但是如果斷掉很難拉，因為神經都是骨頭和細胞內生長的。她說出車禍後她只能動手指，其他的都不行，她幾乎認為她人生就這樣完了，沒想到她後來可以一邊抽菸一邊跟我講往事，這應該算奇蹟吧。」

「的確是奇蹟，不過剛開完刀，還在復健就抽菸喔？醫院不是禁菸嗎？」

「是啊，所以我推著她到外面抽。她還問我：『為什麼會選一個坐輪椅的？』」

「我說：『我不在意妳是否坐輪椅，妳想去哪我都可以推著妳去啊。』她只是笑笑的看著我，然後又抽一根菸。這樣算告白吧。感覺這種場景應該是男生在抽菸，結果都是她在抽……」

「哈哈。」

「唉，不過幾天後，我就被委婉告知不用再去找她了，她說我這樣常常去找她，她有點困擾，她怕她爸會知道她沒有在專心做復健。」

「那你可以叫她邊走路邊說話……」

「有啊，她有時候和我說話時會站起來慢慢走，然後我發現她生日三月十三和我只差兩天耶！而且同年喔，我們還拿身分證出來對。」

「很近吧……」

「嗯。」

「但是散得也很快。真諷刺，才一個星期就沒了……史上最短命的單戀。我印象很深的是，我有給她手機號碼，但她從來不打。當那個星期五她跟我說不希望我再去時，我回家大哭了一場。那時她有打給我，就是那個她從沒有打過的，我的手機號碼……不過是我姊接到的，我當時很沮喪，沒聽到。」

「她說了什麼啊？」

「她只叫我姊轉告給我：**對不起**。」

「就沒了？你沒打回去喔？」

「是啊，我也沒辦法打回去，她住醫院根本沒有手機，打電話都是用投幣的。」

「不會是錢帶不夠只能講一句吧！所以是中華電信的錯。XD」

「隔天她就轉院了？」

「沒有啊，她都這麼說了，我就沒再去了。」

「那你隔天起就沒去找她了喔？至少要偷看她之後的反應吧。」

「萬一堵到她退隱很久的爸爸就囧了。」

「也對，不過如果真的論及婚嫁，應該會更囧。」

「人家是道上輩份高到是可以調解糾紛的耶，如果繼續交往下去的話，搞不好今天我就是大哥的接班人了，哼哼！」

「在那之前你會先被暗殺啦！她多久後轉院的啊？」

「不清楚耶，不過她之前有跟我提過她兩個月後會轉到長庚，離她家比較近。」

「搞不好她的意思是：『對不起，明天你還能來找我嗎？』你太早放棄了啦！」

「真囧啊，大家都這麼說……Orz」

「她家世顯赫，搞不好是傲嬌屬性，想到就萌……所以說，真相其實是——她告訴所有朋友，她喜歡上一個宅宅，可是因為背景差異過大，所以也不知該說什麼好，只能每次都偷偷高興，微笑……」

「我不是宅宅啊啊啊啊啊!!」

「最後一次雖然叫宅宅不要再來，但那是因為覺得自己高攀不起，而且怕她老爸會殺人滅口，可是才剛拒絕完，當晚就後悔了，鼓起勇氣打了電話，哪知道才說了三個字……該死的，電話壞了！」

「你怎知她後悔？你偵探啊，講得好像你在現場一樣。」

「於是她只能天天期待宅宅再來找她，卻無緣再見一面，最後還因為相思成疾，黯然去世……臨死前還交代，如果宅宅問起，說她轉院就好……完結，真是淒美的愛情故事……」

「片名是？」

「美女與野獸。」

「宅宅煙火般的春天。」

「大哥與宅宅。」

「急診室的春天XD。」

「對了，你跟她見面第幾天知道他老爸是黑道？」

「第二天吧。」

「那她老爸沒發現你追他女兒喔？」

「太短暫了!!來不及發現……＞＜」

後記：

事後仔細想想，如我朋友所說，那位黑道大哥的女兒真的是心地善良！否則照我朋友這個斷掌的帶賽命，她如果沒蓄意瞞著她老爸的話，我朋友後來應該沒辦法在網上跟我裝可憐（註一）聊往事，而是應該託夢叫我到台灣海峽幫他打撈遺骨才對……。

註一：為什麼我說他裝可憐？

因為這傢伙後來跑去參加一個充滿護士的聯誼會，結果他的第一任兼現任女友，就是在聯誼會認識的，該死的、他媽的「小護士」啊!!

各位，是小護士啊！

是那種被稱之為白衣天使，會跟你說：「**來，嘴巴張開……吃藥囉……**」的小護士啊！

是那種被稱之為白衣天使，會跟你碰額頭，說：「**好像沒發燒……可是你臉怎麼那麼紅啊？**」的小護士啊！

是那種被稱之為白衣天使，會在夢中跟你玩「**討厭……病人怎麼可以這麼有精神……**」還有「**啊……醫生，這裡不行……**」的遊戲的小護士啊!!

我懷疑他濫用藥劑師的專業對小護士下藥，真的。

貧女難陀的逆境

佛教有個故事「貧女難陀」：

佛陀的弟子中，有一位少女信徒，年紀雖小，家境又窮，可是很有善根。

她常聽人家說：「欲求天上人間福，須點佛前長明燈。」所以了解到點燈是象徵光明，會得到非常大的福報。當她看見波斯匿王用千斛油點燈供佛時，心中非常羨慕。（十升是一斗，十斗是一斛。國王用千斛油點燈供養，大家可以試算一下，國王所用的油有多少。）

可是，羨慕又有什麼用呢？

國王富超四海，錢多到用不完，買油點燈供佛，不管要多少都是輕而易舉。我一個窮人，三餐不得溫飽，窮到連下一餐在哪裡都不確定，一分錢也沒有，又能怎麼辦呢？

說起來也真巧，剛好有人看中她一頭柔軟的長頭髮，想用一錢向她買，她如拾重寶，急忙把自己的頭髮剪了下來，把賣得的一錢買了一合的油（一合為十分之一升），發自內心買油來點燈供養佛陀。

這份供養的功德有多大呢？

佛陀讚歎說：「難陀點燈，她的功德是超過波斯匿王的。」

這段故事最終成了千古佳話。

但是現實呢？

就算你說你從來沒送過別人禮物，這是你第一次送人生日禮物。

就算你平常連信都不寫，這是你第一次發自內心寫的情書。那又如何？

隔壁班王小明送的禮物比你貴，光看包裝就覺得在發光，情書裡面還噴香水。人家說：「這才叫有心！」

是啊，天曉得他對多少女性做過同樣的事，熟能生巧，真是有心啊。

你呢？沒經驗！

以為用心寫封信，認真挑禮物就行了嗎？屁，連屁都不如，先看看你送的東西值多少吧！

第一次寫的情書？那是啥？**公告欄上面貼的那張嗎？**

人家常說，「不要跟別人比，要跟自己比。」、「自己最大的敵人不是別人，是自己。」

但是不論你是否比以前好，你還是要被拿來跟別人的男朋友比。

喂，人家送花，送玫瑰花，送大把的玫瑰花，送**大把大把的金莎巧克力花上面還有熊**。

喔，你是比以前用心，那又如何？金莎巧克力花在哪裡？熊又在哪裡？

我怎麼想，都覺得自己跟自己比沒用，自己最大的敵人絕對是別人！

女人常說他們要的是浪漫，浪漫不一定要花錢，重要的是心意。

但是，錢花得不夠多，就代表你「心意」不夠。

啥?宿舍陽台看月亮,月亮很美很浪漫?

不好意思,回去想想你錯在哪裡,砍掉重練,下輩子再來吧。

想要一合油抵千斛油,先看看你的長相再說!

剪頭髮?回鄉下撿骨去吧你!

很多人說:愛,是沒有道理的。

我卻覺得:愛,不是沒有道理,而是女人根本不講道理!

所以說,所以說……

……

……

……

……

……

老婆,對不起!我錯了!我不應該偷瞄旁邊的女生的,原諒我吧。

Chapter 2

男子漢的勇氣

勇氣，是硬漢的證明

拜倫說：「逆境是通往真理的道路。」但想要到達真理，我們還需要「**勇氣**」！

關於勇氣，這裡有個笑話：

有一天三軍總司令在一起開會，參謀總長問道：那一個軍種的士兵最有勇氣？

陸軍總司令就站出來叫一個陸軍士官長，然後拔了一顆手榴彈往那士官長丟去喊了一聲：「趴下！」

士官長不疑有他，迅速趴在手榴彈上面。「砰」的一聲！霎時血肉橫飛，一位陸軍的士官長就這樣報銷了！

空軍的總司令也站出來了，說：「這不算

什麼，走！咱們上飛機去！」

大夥兒就到經國號戰機上，還帶了一個連的空軍弟兄，把飛機拉到二萬公尺的高空，然後說：「來……每個人把降落傘丟掉，跳下去！」

只見整連的戰士，人人不帶降落傘爭先恐後地往下跳！

就這樣，整連的空軍弟兄也都為國捐軀了！

海軍的總司令也站出來說：「走！我們到船上去！我讓大家見識一下海軍的勇氣！」

船長把船開到一個鯊魚出沒的海域，叫廚房準備一些血灑在船艄，過了不久船艄附近果然圍繞著無數的鯊魚，海軍總司令就隨便叫了一位下士班長，對他說：「來！你跳下去！」

只見那位班長走到舷邊看一看，搖一搖頭，然後右拳握緊，中指伸出，轉身對著司令把右手舉起！

關於勇氣，這是另一個笑話：

正在上演的電影感人至深，影院裡鴉雀無聲。某君前面坐了情人一對。女的不住湊到男的耳邊，向他講述影片下一幕的情節，以顯示其對電影情節瞭解之多，在安靜的電影院裡她的聲音顯得很大，很討厭。

此君忍無可忍，拍了一下那個女的的肩膀，說：「小姐，請用妳的眼睛看電影！」

當說完這句話後，此君馬上後悔了，因為那個女的的男朋友太高大了，他擔心他會有什麼報復措施。

影片放到一半時，此君出去上廁所，那個男的果然跟了出來。

他嚇壞了。啪一聲，一隻大手拍到了此君肩膀。

接著，那個高大男伸出大手握住此君的手，感激地說：「先生，謝謝你，我實在沒有勇氣和她這樣說！」

有沒有人不了解我想說什麼的？

那請看下一則笑話：

有一位哲學系的老師在期中考時只考了一題申論題，題目是「**什麼是勇氣？**」

就當大家拼了命在想怎麼寫時，有個同學交卷了。

他不是沒寫喔，不過他寫的只有五個字「**這就是勇氣。**」

絕吧！不過更絕的事在後頭。

到了期末考，老師依然是只考一題。

這次的題目是「這就是題目，請作答。」

這題目很怪，大家依然不會寫，不過那個學生很快就交卷了，這次他寫的是「這就是答案，請給分。」

老師氣不過，大叫：「死囝仔，給我過來！我有兩道題目問你，你若答出第一題，就可不必答第二題。」

老師：「你的頭髮有幾根？」

同學：「一億兩千萬三千六百零一根。」

老師：「你怎麼知道？」

同學：「這一題不用回答。」

題外話，話說我上一本書《超嘘！日本妙事》出版後，我送了一本給小學時的導師（現在變成小學校長了），那時候她正好不在家，於是我把書留給她兒子，並留下聯絡電話就走了。

剛回到家，馬上接到老師打來的電話，內容是說，她剛好出去散步，所以沒在家，真是不好意思，知道自己的學生出書了她也很高興，等她看完了一定會到我的部落格留言告訴我心得，還叫我有空要到學校找她，她會好好招待我。

然後……我再也沒看過這位老師的留言了。XD

所以說，自我推薦，也是需要勇氣的！

「你若失去了財產，你只失去了一點；你若失去了榮譽，你就丟掉了許多；你若失去了勇敢，你就把一切都丟掉了。」——歌德

小便的勇氣

某日，跟女友約好下午在台北某捷運站碰面，可是那天出乎意料地，一下子就把需要做的事情處理完了，結果時間突然多出很多，連高鐵都不用搭，坐長途巴士到台北後時間都還有剩，就順便在台北車站逛了一下，順便參觀了台北車站的公廁。就這麼一下，尿意突然襲來，有多突然？就像是春暖花開之際，突然一陣寒風襲來，讓人不由得打了個寒顫，就是這麼突然。

於是我走下階梯，理所當然地轉進男廁，這時候，整個男廁處於客滿狀態，只剩下兩個位子，一個是白人阿豆仔的隔壁，一個是再隔壁，我什麼也沒想的就走到白人阿豆仔的隔壁，拉下拉鍊，掏槍，出貨，做著我熟到不能再熟的動作。

現在回想起來，我當時的確是受到一陣莫名力量的牽引，把我牽引到了台北車站的公共廁所，牽引到了這個**禁忌的玫瑰花叢**之中。

當我拉下拉鍊，掏出槍管的一瞬間，不知道是命運使然還是其他人都是相約一起來上廁所的，就這麼巧，除了我跟那個白人阿豆仔，所有人居然同時發出「**唰……**」的一聲，整齊劃一地拉上拉鍊，然後走向洗手台。

「靠，見鬼了，就算總統巡視部隊，大家操槍的動作也不見得這麼一致吧！」我心想。

別說我現在寫出來大家不太相信，當時的場面，連我都覺得：「這是在上整人節目嗎？如果不挺著巨砲轉身向全國的觀眾朋友揮手致意，會不會顯得我很小器又不禮貌？」我歪著頭，邊想邊醞釀尿尿的情緒。

是的，我完全忘了還有一個外國人在旁邊。

我之所以後來會發現還有個人在旁邊，是因為當我開始發射時，我的眼角餘光瞥到這位外國朋友在我旁邊探頭觀看！

「看什麼看啊……」雖然心裡這麼想，但是念在長年在蠻夷之地生活的他，大概一輩子沒看過這麼壯觀的景象，加上我也不是什麼小器的人，所以當下決定給這位外國友人一個觀摩、學習的機會。

「來……讓你知道什麼叫做東方的神秘，什麼叫做『龍的傳人』！」剛剛才錯失了向全國觀眾打招呼機會的我，現在彷彿聽見了背景音樂「龍的傳人」，不自覺的，又把腰往前挺進了一吋。

正當我得意地噴灑尿液，忽然間，一種很奇怪的感覺暴襲而來，連我的小便也被嚇得探不出頭，整個卡在管道裡出不來。

這時我才發現事情非常不對勁！

整間廁所只剩我跟那個白人阿豆仔，而這個白人阿豆仔，在兩秒前偷瞄我的「巨龍」時，他的手指已經在撥弄他的「槍管」，我本以為只是收槍的前置動作，所以也不以為意。可是兩秒後他依然沒有停止的打算，而且還從偷瞄，變成明目張膽地盯著我那邊看，手指套弄的速度也越來越快，越來越猛，就好像……就好像在擠牛奶一樣。

「哇靠!!」我大驚之下差點連人帶「靠」的一拳揮過去，可是我還是忍了下來，因為一方面我不見得打得贏，搞不好還會順勢被拖倒施展**寢技**（註一），另一方面，我此時真的只想趕快把剛剛停住的那一半尿完走人。（有經驗的人都知道，尿一半卡住是很難過的，比A片下載到九十九％不能看還難過。）

可是硬漢如我，此時此刻卻怎麼樣也尿不出來，整個窩囊到不行。再加上實在被看得寒毛直豎，噁心的感覺佈滿全身，就怕隔壁這個口水都快流出來的傢伙突然克制不住蹲下，給我一口含上來，到時我要怎麼見人啊!!

「嗚哇哇哇哇……」一想到此我整個人差點尖叫，情急之下匆匆收槍走人，兵荒馬亂之際，連最後的甩槍（註二）也顧不上，極為狼狽。

所幸當我離開時，又有別人進來，否則我是否能安然離去，恐怕都還是個未知數。至於後面進來的那位仁兄下場如何，我也沒再回去看過，所以並不了解，只能說：「人，都是自私的。」

僅以此文紀念那位逝去的同胞。

你的犧牲是有價值的。（敬禮）

註一：寢技是柔道或柔術中，以固技、絞技或關節技將對手壓制在地，使對手無法脫身的技巧。漫畫《新功夫旋風兒：柔道篇》，甚至還出現過「乳頭固定技」、「柔肌悶絕固技」等恐怖的寢技。

註二：給女生的小常識：由於男生尿道較長，為了避免收進內褲後還有殘尿流出，所以尿完後通常會將槍管甩個幾下，或是用手指將尿道內的殘尿稍微擠出，基本上這個動作跟女生尿完後用衛生紙擦拭的用意是相同的。

男子漢的髮型(1)

剪短的勇氣

回想小時候，在國中之前都是我媽去美容院我就跟著去，她坐下我也坐下，然後剪完頭我就到旁邊去看故事書，剪成什麼樣我也沒注意過，反正小學生嘛，也不會有人在意頭髮剪成什麼樣，一直到我升上國中開始，我開始自己去理髮店剪頭髮，這才發現纏繞在我身上的可怕詛咒。

那時的國中生是處在一個有髮禁的年代，所有男生都是平頭，理所當然的，我每次到理髮院坐下來就是說「平頭，謝謝。」就跟走到中式早餐店叫一碗豬血湯的感覺差不多，點完等著時間到收貨就對了。在這種情況下，理應不會出現什麼問題，反正就是豬血湯嘛，裡面不放豬血難道放珍珠？

對於平頭，我一直是這麼想的，一直到某一次，我照例說：「平頭，謝謝。」

然後就開始低頭看我剛剛從旁邊拿來的八卦雜誌，一直到剪完，我頭抬起來，總覺得哪裡不對勁：「老闆……這個是平頭嗎？」我指了指剛剪好的頭。

「當然是啦，這可是今年最流行的平頭。」老闆跟我比了個「讚！」的手勢。

「靠北，平頭在國中生之間一直是很心不甘情不願的被迫流行著啊，今年最流行那幾個字到底是什麼意思？」

我猶豫了一下，說：「可是，你看這前面還有上面都有點長，沒關係嗎？到時候沒通過我就慘了。」

「這樣才帥啊……」老闆用一種很滿意自己創作的陶醉表情對著我說。

「安啦，你們學校的學生我今天已經剪了五個了，你是第六個，男子漢大丈夫，怕什麼！」老闆拍了我背部一下，給了我一記男子漢專屬的爽朗笑容。

那一瞬間，我真的覺得我看到了一道光，也許就是那道從笑容間迸發的白光，讓我相信了老闆不會騙我。

於是我說：「沒錯，男子漢大丈夫沒在怕的啦，哇哈哈哈哈……」於是我跟老闆相視大笑，就像偶像劇當中，決定去單挑百人飆車族的主角二人組一樣。現在回想起來，這根本就是我步入滅亡的開始。

隔天，升旗前，班上同學在走廊上用疑惑的眼神看個我，問我：「這樣沒問題嗎？」

「哇哈哈哈哈，小孩子懂什麼，這可是今年最流行的平頭啊，男子漢專屬！老闆跟我掛保證的啦。」我用著跟老闆一樣充滿氣魄的笑聲來回應這些無知的國中少年。

升旗開始，然後完畢。

今天不知道怎麼回事，升旗結束後的頭髮檢查居然是訓導主任親自出馬。我有點害怕，可是想起老闆那句：「男子漢大丈夫，怕什麼！」我反而站得比平常還挺。

訓導主任一個班一個班的走過，走到我面前時他停住了，看了我的頭髮幾眼，然後什麼也沒說，拍了我肩膀一下就走了。

我那顆跳到都快出汗的心頓時緩了下來，「老闆說的果然沒錯，男子漢大丈夫，我不應該懷疑他的。」我因為堅定了自己的信仰，高興得想要大叫，可是我忍住了，轉頭給了旁邊的同學「看吧……」的眼神，驕傲地抬頭挺胸。

當訓導主任全部巡視完，他走回講台，用麥克風說：「今天的檢查，情況還不錯，大部分同學都有照規定剪，只有少部分同學想要標新立異，故意剪了一些不三不四的髮型，今天我要特別處罰這些不守規定的同學。」訓導主任大聲地在台上吼著。

「哼哼哼，真是的，早知如此，何必當初呢？像我這樣照規定做不就沒事了嗎？」我摸了下自己男子漢的髮型，笑了一下。

「剛剛**被我拍到肩膀的**，都是不合格的，全部給我出列！到講台前集合，剩下的同學直接回教室，原地解散！」

「啊？你說什麼？你說什麼？」我不可置信的呆立在原地。

同學回教室前，每個經過我身邊的人都拍拍我的肩膀，說了聲：「節哀順變。」

「死老闆，你為什麼要騙我!!」

後來我跟其他不合格的人一起跪在操場的草地上，任由訓導主任在我們頭上亂剪一通，聽著訓導主任大吼：「回去給我照這個長度重剪！」時，我才發現，在我旁邊還有五個人，個個眼神充滿殺意，彷彿電影裡被好兄弟背叛的演員一樣，牙齦緊咬，雙拳緊握，悔恨的淚水在眼眶中打轉。

我回想起老闆對我說的那句話：「安啦，你們學校的學生我今天已經剪了五個了，你是第六個，男子漢大丈夫，怕什麼！」是的，他們的髮型都跟我一樣。

不知怎麼的，我突然也不生氣了，只是在想：「不知道老闆是不是也用閃耀著白光的笑容教導他們男子漢的道理呢？」

男子漢的髮型(2) 留長的勇氣

國中生跟高中生當中充斥著一種思想單純的生物，他們會認為「只要不一樣」就是好看。

例如說，我們國中規定必須要穿白色球鞋才合乎校規，這時候就會有一群喜歡用修正液在桌子上和書包上寫字的學生硬是要穿黑的，然後再來跟訓導處的人玩捉迷藏，樂此不疲。

例如說，我們高中規定必須要穿黑色球鞋才合乎校規，這時候就會有一群喜歡在大雨中用慢動作走路的學生硬是要穿白的（每次看到他們在雨中用**慢動作**走路，我都有股想衝上去幫他們放「賭神」背景音樂的衝動），然後等到被教官抓到了再去想一些連他自己也不會相信的理由企圖脫罪，例如他家境清寒，這雙價值五千元白得發亮的耐吉限量款球鞋是他從國中穿到現在的。

從國中升到高中，對我來說最大的變化之一不是球鞋的顏色變了，而是髮禁終於變得比較寬鬆，雖然說不是完全解除，但至少面對各式各樣奇怪的平頭造型不會有違反校規的疑慮。

我們學校對男生的髮型的規定是：「不准染，不准燙，不准使用定型液或髮蠟等造型品，後面向上斜推，兩旁鬢角不准留，前方瀏海以不超過眉毛為原則。」對現在的學生來說可能還是很嚴，但對我們當年來說已經算是滿寬鬆的了。想想看，當年紅如小虎隊和林志穎，他們的造型幾乎也是合乎我們學校的要求啊。

在這樣的規定之下，開始有很多人的頭髮開始往上發展，他們就是有辦法讓頭髮變得很多很長，然後再用吹風機把頭髮吹到比眉毛高，最後中分。儘管以現在的目光來看，那樣的頭髮厚重得跟戴著一頂自行車用的安全帽在路上走路沒兩樣，但當年真的被認為很帥。

友：「聽說班上那個〇〇〇昨天居然被學妹告白了……」

我：「你是說那個每次都笑得很噁心，還動不動喜歡用手在別人背部亂摸，毛手毛腳的傢伙？」

友：「聽說學妹認為那是笑得很陽光燦爛，兼之對人親切友善……」

我：「你是說那個講話言不由衷，老是油腔滑調的傢伙？」

友：「聽說學妹認為那是思緒周密，為他人著想的成熟表現……」

我：「你是說那個……」

友：「夠了，**就是那個對女人笑得極度淫蕩，對男人言不由衷，每次嘴巴說得好聽，等到真的有事卻又落跑第一名的那個混蛋**，就是那個混蛋啊!!」

「對不起，是我多言了，我不知道你的怨念比我還深。」

我拍拍朋友的肩膀，安慰了他一陣。

「你說，我們到底哪裡不如他？」朋友百思不解。

我想了半天，難道是因為我們不夠淫蕩，嗯，這倒是有可能。

後來我們討論了一陣子，認為應該跟髮型有關，一個人是否帥氣，髮型占了五〇％，在這個形勢嚴峻的年代，不想辦法跟那個笑容淫蕩的傢伙一樣弄頂自行車安全帽戴在頭上，實在是活不下去。

於是乎，我們相約把頭髮留長，等到下次檢查頭髮的時候，只要稍微修剪，也用吹風機吹他個半天高，如此一來，接下來的兩年，我們走在校園裡，應該就可以擺脫那種**跟虱子跳蚤同等地位**被忽視的窘境，獲得小學妹的告白。

轉眼間，下次檢查頭髮的時刻終於來臨了。

「好戰友，明天就是我們重生的日子，加油！」

「好戰友，加油！」

告別朋友之後，當然不是馬上去剪頭髮，因為不管再熱血，高中生活還是擺脫不了補習班的煎熬啊。

補完習回到家，也不知道是鬼上身還是被詛咒，突然就睡著了！

這一睡就睡到快十點，當我醒來發現時鐘的指針居然跟「10」這麼接近，我一瞬間閃過腦海的念頭是「我果然跟蔡10小姐有宿世姻緣」（喂……又不是演玫瑰銅鈴眼！而且那時候蔡小姐出道了嗎？），不好意思，我睡昏頭了，重來一次。

這一睡就睡到快十點，當我醒來發現時鐘的指針居然跟「10」這麼接近，我一瞬間閃過腦海的念頭是「剪頭髮！」，趕緊翻身下床，連跑帶跳衝到樓下，抓了我的腳踏車就往外飆。

騎著腳踏車，沿路我把印象中所有知道的理髮店都掃過一遍，可是都已經關門了。

「怎麼辦？難道我明天又要面臨頭髮違規像國中一樣被亂剪一通的命運嗎？我不要啊……」完全沒有看過校規，只是一個勁的胡思亂想的我越騎越快。

就在我滿身是汗，整台腳踏車搖搖晃晃快要放棄的那一瞬間，我看見昏暗的小巷子裡，映照出理髮院特有的光線。

我卯足全力衝向前去。

「呼呼呼……老……老闆，我我我要剪……呼呼……剪頭髮。」我上氣不接下氣的衝到門口，正好遇到打算關門的老闆，趕緊把這一串話說出來。

「喔……少年仔，算你好運啦，我正要關門咧，明天檢查頭髮齁。」老闆彈了彈手上的菸，一副老神在在的樣子。

「對對，老闆麻煩你幫我剪完再關吧，謝謝。」

「好啦，不過剪完你這顆頭我打算關門了，你先進來吧，我把鐵門拉下。」

「怎樣，打算怎麼剪？」老闆幫我穿上剪頭髮專用的塑膠衣，叼著菸問我。

「我不是要剪平頭，只要後面向上斜推，兩旁鬢角減掉就行了。」我還沒喘過氣來，直覺就照教官的要求重複了一次。

「OK，這個簡單啦。來囉！」老闆說完這句話的同時，單手把還在燃燒的菸頭彈滅，看也沒看地把手一伸一揚，剩下的菸蒂就這麼在空中畫出漂亮的弧線，準確地落入一旁不算大的垃圾桶中。

「靠……太厲害了。」就當我還在讚嘆老闆這手帥氣的神技，並在心中思考要如何練習才能辦到時，整個剪頭髮的過程已經在一瞬間完成了，迅雷不及掩耳，又是一招神技。

然後……我望著鏡中的自己。

「老闆，這……這不是平頭嗎？」這個該死的平頭怎麼這麼眼熟？

「怎麼會是平頭？當年我幫你剪這個頭的時候，你跟我說學校不承認這是平頭啊，隔天我還幫你剪了個超短，充滿男子氣概的平頭咧，你忘記了啊。」老闆拍了我背部一下，給了我一記男子漢專屬的爽朗笑容，手上的大拇指翹起來，比了個「讚」的手勢。

「靠，我想起來啦!!」我整個人嚇到差點從椅子上跌下來。

事後回想，才想起自己自從國中被這個老闆陷害之後，已經好幾年沒來過這間理髮店了，所以剛進來的時候根本沒記起來，只想說趕快剪完就好，因此再度鑄下大錯。

至於我後來到底是怎麼付錢，付了多少錢，怎麼回家的，我完全沒印象。

「這一定是詛咒……這一定是詛咒……」

只記得當晚我抱著自己不是平頭的平頭，整夜喃喃自語。

事後，當然不用說了，我依然跟虱子、跳蚤同等地位，更沒有什麼可愛的小學妹來告白了。至於那位變髮成功的同學，處境似乎也沒有改變，只是從**虱子、跳蚤**變成**戴著自行車安全帽的虱子、跳蚤**，過著跟我一樣的高中生活。

「嗯……果然差異點應該是我們笑得不夠淫蕩。」這就是我們高中生活的最後結論。

男子漢的髮型(3)
染髮的勇氣

上大學之後我面臨到一個非常大的困境，那就是「髮禁被全面解除了」。

因為頭髮開始可以留長，我才開始意會到某些我以前從未發現的缺陷。

我發現我是那種天生頭髮比較細，髮質比較軟，髮色深而且是油性髮質的人。

倒也不是說這種髮質就一無是處，我看過有的女生擁有跟我一樣的髮質，但她們反而是被羨慕的一方，因為這種又細又軟的頭髮不但摸起來很舒服，而且天生就不太會彎也不會打結，所以不用燙就很直，睡醒也不會亂翹，就算頭髮真的翹了，也只要弄濕擦乾，馬上就會恢復直順，完全不需要順髮定型液，而且這種又細又軟的頭髮很輕，留長了之後只要風一吹，簡直就跟拍廣告沒兩樣，完全就是「輕柔飄順」的代名詞。加上髮質比較油，所以把頭髮留長之後常常會出現的髮質乾枯分叉等缺點完全不會出現，反而會因為長度變長，使得整個頭髮油份被分散開，看起來就是保濕度十足的樣子，加上髮色黑，就算不用護髮也是「烏黑亮麗，閃閃動人」。

但是這種令女人羨慕的髮質，出現在我這個男兒身身上，簡直就是一場惡夢。短髮的時候我還沒發現有什麼不對，可是頭髮稍微一留長，不管用吹風機吹多久，使用什麼造型品，大概只要半天，頭髮就會整個崩塌披散在我的頭皮上，完全沒有造型可言。更慘的是，就算我天天洗頭，如果我勉強使用稍多的造型品企圖支撐頭髮的話，我就會因為髮色比較黑又是油性髮質，造成整顆頭半天過後不但崩塌，而且看起來還會像別人一個禮拜沒洗過一樣，非常油膩噁心。

「你的頭髮怎麼這麼貼啊？」、「你有考慮用看看造型品嗎？像是髮蠟之類的……對了，你多久沒洗頭了？」該死，我已經盡力了啊!!

有的時候，我都會盯著上半身想：「砍掉重練是不是比較快？」

我天天洗頭，不但是為了要讓頭髮不要看起來油油的，而且企圖利用「天天洗頭，髮質會變差，會分岔乾枯」這個傳說來讓我的髮質變差，看看能不能擺脫這個苦惱，可是依然沒用，直到有一天，我聽到「燙髮會讓頭髮比較乾，而且髮質容易受損」這樣的說法後，我整個人興奮不已，決定前往美容院進行我人生第一次的燙髮。

我騎車到我家附近的一家美容院，我永遠都記得那間店叫做「○星」……。

「你打算剪怎樣的造型呢？」女造型師用溫柔的聲音問我。

「我希望能稍微變一下造型，最好是之後整理不用花時間也能看起來不錯的，而且我覺得頭髮太塌了，有沒有可以讓頭髮比較有硬度，又不捲的燙髮呢？」我一口氣說出夢想中的要求。

「當然可以啊，這樣好了，你先看一下這本造型書，挑一下你喜歡的造型，我再給你建議，你看這樣好不好？」聽起來滿合理的樣子。

「好啊，謝謝。」於是我爽快的回答後，一個人坐在椅子上翻造型師拿給我的那三本日式造型雜誌，而造型師也趁這段時間去準備她可能要用的工具。

大概過了十五分鐘，我總算決定好要用什麼造型來跟我的大學生活一決勝負。

「我覺得這個不錯，能幫我剪成這樣嗎？」我指著一款乾淨俐落，長度中等，有點瀏海的造型。

「可以啊，那我們就先燙再剪喔。」造型師拿起她手邊的髮捲，準備幫我上捲子。

「用這個燙了之後，不會很捲嗎？」我瞥了造型書一眼，再次確認我指的是一款**直髮**。

「放心啦，我只是**稍微燙一下**，主要是增加你頭髮的硬度，這樣頭髮會變得沒那麼軟，剪完頭髮才不會塌，以後你起床之後只要稍微用髮膠抓一下，造型就出來了。」造型師講的很有自信，我也不疑有他，於是乎，我們就這麼開工了。

當中她過來數次，看了看我的頭髮，又把我的頭放進機械以繼續燙。

她解釋，這是因為我從沒燙過頭髮，所以髮質太好，不容易破壞，為了要維持捲度必須要燙久一點。

老實說我聽到「捲度」的時候心裡抖了一下，不過專業人士說的應該就沒錯吧，就這麼燙了許久，等到最後打開……

「你覺得……怎樣？」造型師拿著鏡子在我背後，我覺得她說話卡卡的。

「坦白說……我覺得不太像我說的那個造型。」何止不太像，根本完全不一樣啊！

而且這個捲得跟**歐洲小公主**一樣的捲髮是怎麼一回事？差別只在於我是黑色的！

我的男子氣概呢？我的日式型男頭呢？

「哈……哈哈，這是因為等一下還要剪啦，所以長度還不太對。」

老實說，我覺得造型師在說這句話的時候，完全不像是講給我聽的，反而像是她在安慰自己「沒關係，就算現在吃起來很鹹，只要等一下多加點糖，它依然是塊美味的草莓蛋糕啊。」這樣的情況！

然後我們開始剪，剪得很慢，而且越來越慢……我開始覺得事情有點不妙。

果不其然，剪到一半，造型師開始勸我染髮，說我現在這麼捲，其實只是因為剛燙完，加上我的髮色深，所以看起來才會這麼不協調，如果我可以染個髮，把層次加強，最後剪完的時候一定很完美。

我來形容一下好了，我覺得我現在的樣子，簡直跟黑髮版的**貝多芬**差不多，甚至更糟。

老實說，以我貧乏的想像力，我已經想像不到還有什麼會比這個更糟的了。我的精神整個渙散掉，不斷地在想像我接下來的大學生活是否該在合唱團中度過，作為一個指揮，我應該可以完美演繹才是。

所以當造型師不斷在我耳邊對我進行洗腦教育時，心灰意冷的我不知不覺點頭了，我只記得我用殘存的意識說了一句：「顏色不要太淡。」然後我就又失去意識了。

結果等我下次再恢復意識時，我看見了地獄！

該死!!這個淡得跟黃金獵犬一樣的金黃色是怎麼一回事？我是輪迴進入畜牲道了嗎？我覺得我跟黃金獵犬唯一的差別就是我比黃金獵犬的毛還要捲，活像是一**隻戴了歐洲大法官捲毛假髮的黃金獵犬**！我是不是該「汪」個兩聲以示抗議啊？

「你……你覺得……怎……樣？」造型師拿著鏡子在我背後，我覺得整個鏡面在抖動，我搞不清到底是她講話在發抖還是我氣到發抖，總之這一切實在是太誇張了。

「我覺得？我覺得……這顯然跟我們剛剛討論的有差距。」我語氣沈重地回答。

我懷疑我根本就是走進按摩院，而不是美容院，不然怎麼會派個瞎子來幫我剪頭髮，剪完還問我「你覺得怎樣？」，我很想老實跟她說，我覺得就算我是去作寵物美容也可以剪得比這個更像一回事啊!!

「結帳！」我懶得再跟她多廢話了，一切都只是枉然，只會讓事情變得更糟。

「嗯……一共兩千五……可以嗎？」可以個鬼！我把妳剪得比妳家那隻「阿賣」還醜，然後跟妳說這跟日式造型書一樣，收妳兩千五百大洋，妳說可不可以？可不可以啊！

「兩千。」我克制著自己的憤怒，語氣淡漠，不留任何商量的餘地。

「……好。」估計造型師感受到我那股神擋殺神，佛阻殺佛的氣勢，所以一句廢話都不敢說，迅速地答應了。

「下次歡迎再度光臨。」最後在我出門口時，造型師居然還很無腦地要我再度光臨，我都不知道我下次再來的時候，到底會是因為想要放火燒店，還是自己想不開打算重新輪迴……我覺得我有點體會一些人半夜到店家鐵門外噴漆洩恨的心情了。

在發生這件慘劇之後，飯還是得吃，屎還是得拉，再怎麼樣，日子還是得過下去。我逼不得已頂著這頭萬夫莫敵的造型回到大學上課，眾人詢問的目光成為了我這輩子最難忘的回憶之一。

值得一提的是，在這段期間，我居然遇到了我這輩子的第一個女友，就是現任女友。我還記得她跟我見面的第一印象就是：「你很會玩撲克牌嗎？」

奇怪，我也不知道，貝多芬很會打牌嗎？還是說拉斯維加斯有很多戴假髮上陣的人？

這問題，至今仍是一個無解的謎。

男子漢的髮型(4)
燙髮的勇氣

「又到了我人生的分岔路口了。」每次要剪頭髮我都有這種感覺。

站在鏡子前，看著頭髮過長的自己，無力感再度竄升而上。

人家說：「命運掌握在自己手上。」但為什麼事關傳宗接代此等重要的剪頭髮大事，卻掌握在別人手上呢？

說到這邊，我不禁想起小時候聽過一個寓言故事，故事敘述了一個剪頭髮很厲害的人，他因為自己實在太強，生意又好到不行，所以瞧不起其他理髮師，導致其他理髮師都不願意幫他剪頭髮，他只好自己剪，可是再厲害的理髮師也沒幫法幫自己剪頭髮，所以他把自己剪得很難看，所以他只好每天頂著自己幫自己所剪的糟糕髮型，接受別人的訕笑。

小時候看的這個故事，後面還附上寓意說明：

1.有錢也不見得有人願意幫你，金錢不是萬能。

2.自己沒辦法幫自己剪頭髮，所以合作為上策。

長大我才發現這是謊話。

首先，根據我的經驗，金錢不是萬能，指的通常是你花的錢不夠多，或者說，並不是有錢也沒人要幫你剪，而是**就算有人要幫你剪，你也花了錢，但就是該死的會變成跟自己亂剪的差不多**！

其次，我在日本遇見了一位大陸來的同學，他之前當過一陣子理髮師，結果來到日本之後，理髮院是一次也沒去過，可是他的髮型卻比那些上美容院花大錢給別人剪的人還好看得多，一問之下才知道，他一直是自己剪的！

該死！我居然被一個不到五百字的寓言故事騙了十多年!!

後來消息傳開之後，他家就變成免費理髮院了……所以說「好人當得好，要飯要到老。」鄉民口耳相傳的警世名言果然沒錯。

所以，我問了女友，有沒有推薦的理髮院，或者說美容院。老實說，對於只剪頭髮的我來說，這兩者之間好像也沒什麼差別，只是「美容院」這三個字對於身為硬漢的我來說，似乎是娘了那麼一點，所以，一直以來我都是用「理髮院」來統稱所有提供剪髮服務的店家……我又岔題了，抱歉。

回到主題，我問了女友，有沒有推薦的理髮院，而且距離不能太遠的，因為我那天趕時間。她上網查了一下，結果都是離她家有點距離的。正當我又要自暴自棄開始考慮路上隨便找一家來剪時，她猛然發現，有一家店的名字很熟悉。

「咦，這家美容院的名字好熟喔……對了，跟我家附近那家一樣！」找了一個半小時之後，終於找到一間風評不錯，而且又在附近的理髮店，女友興奮得大呼小叫。

於是我們按照網頁上的預約電話打過去。

「她們說網路上說的那位設計師已經不在店裡了，這樣你還要去嗎？」女友掛了電話之後，問我意見如何。

我想了想，說：「應該沒問題吧，反正都是同一家，不會差到哪裡去吧。」

現在回想起來，這真是一段缺乏社會常識的低能發言啊。

總之，在我缺乏社會常識的異常判斷主導下，最後我們走進了那家店。

進去之後，「你打算怎麼剪怎樣的造型呢？」一位年約三十多，彷彿很有經驗的女造型師問我。

有了之前的經驗，我再也不敢隨便發言，我轉而詢問造型師的意見。

「我想說後面太長了，想要剪短，妳覺得我怎麼剪會比較好？」畢竟這種專業的事還是要問專業人士的意見，對吧。

「嗯，你頭髮比較軟，我覺得我們可以**稍微燙一下**，主要是增加你頭髮的硬度，這樣頭髮會變的沒那麼軟，剪完頭髮才不會塌，以後你起床之後只要稍微用髮膠抓一下，造型就出來了。」奇怪，這台詞怎麼這麼耳熟，好像在哪裡聽過……，不過專業人士都這麼說了，應該不會錯吧。

「好啊，那就這麼做吧。」沒錯，我們要相信專業，我在心裡又給自己打氣了一次。

接下來，造型師開始在我頭上東弄西弄，奇怪的是她只有在頭頂一圈做處理。

「為什麼只有頭頂要弄這些……這些燙髮的東西啊？」沒辦法，我實在叫不出那些東西的名字。

「喔……因為我想幫你把頭頂的頭髮立起來，這樣比較容易造型，……」嗯嗯，我邊聽邊點頭，不過我同時也發現對方意猶未盡，還有話想講的樣子。

於是我禮貌地看著對方眼睛，等她說出接下來的話。

「**所以我幫你燙了玉米鬚。**」對方樂不可支。

棍……我只是想讓頭髮不要那麼塌，可是我從來沒想過要變成**黑人頭**或是**傳統拖把**啊。而且我實在不知道這位造型師在爽什麼，是惡作劇成功還是怎樣，怎麼會爽成那樣？

有人注意到上面那幾個字靠北大嗎？因為那幾個字在我耳中真的就是靠北大聲啊，簡直像五雷轟頂一樣，不開玩笑。

我一陣頭暈目眩。

「妳說的是這種……玉米鬚嗎？」我用手筆劃著誇張的波浪。

「對啊，不然還有其他玉米鬚嗎？」不好意思，這是美式幽默嗎？

十五分鐘後，造型師走過來看了看，對我頭弄了半天，拆拆裝裝，好像還加了點藥水。

又過了十五分鐘後，造型師走過來看了看，又對我頭拆拆裝裝，再度加了點藥水。

第三次她又來的時候，一種不好的預感油然而生，上次我變成貝多芬的時候也有這種感覺……於是，我問：「請問，這是在做什麼啊？」我指了指頭上。

對方邊弄邊回答：「喔，我看你髮質那麼好，很不容易燙捲的樣子，所以為了加強效果，我特意幫你加重了劑量和時間，這樣就可以保證你的玉米鬚完美無缺啦！」

衝著這句專業的保證，最後，我整個頭，真的變成一顆完美無缺的玉蜀黍了。

我形容給大家聽，還記得我一開始說了：「我想說後面太長了，想要剪短。」因此，這位專業美髮職人，非常忠實地按照我的原話，把我旁邊和後面都剪短，並且在前方稍微留了一點瀏海，就像是從田裡長出來的玉蜀黍四周還留了**葉子**，以至於玉米粒不會害羞地露出來。然後專業美髮職人還加上自己的創意，在我頭頂燙了一撮**完美的玉米鬚**……至此，一顆完美的玉蜀黍終於成型。

你們說，是不是很專業？

所以，我流下感動的淚水，和著泣不成聲的髒話，向老闆尋求解脫之道。

我：「我還只是個學生啊……」我的意思是，我還要回學校，我這樣還能在異性面前站得住腳嗎？我的青春很寶貴的啊。

專業美髮大師：「嗯，可是我已經算你很便宜了啊。」妳的意思是，我的青春很廉價嗎？

我：「可是這樣的話，我日子過不下去啊……」我的意思是，我媽整天說要抱孫，可是看到我的頭變這樣，搞不好會因為眼看傳宗接代無望，乾脆拿我的玉米鬚先勒死我再自己上吊自殺啊！

專業美髮大師：「好啦好啦，那我這次算你便宜一點，下次要幫我介紹客人喔。」妳的意思是，我只要再找替死鬼來，就可以升天渡化了嗎？

總之，在這樣一陣雞同鴨講之後，我莫名其妙的少付了五百，然後在夕陽餘暉中，頂著一頭讓人想自殺的玉蜀黍頭，悲壯離去。

還好最終女友含淚接受了我（笑到流淚），我也認清了無法改變的事實，就這樣挺直背脊，像個男子漢一樣硬撐著走過這段變成玉蜀黍人的日子。（聽說有個玉米罐頭品牌「綠巨人」被拍成電影了，不知道「玉蜀黍人」的故事有沒有機會前進好萊塢？）

喝飲料的勇氣

我喜歡嘗試各種沒試過的東西，之前在上海讀書的時候，因為好奇，所把市面上所有品種的泡麵都吃過兩遍，因此獲得「泡麵王子」這樣與我相稱的美名……才怪。

其實我本來還打算挑戰第三次的，不過當時有位眉毛略粗，長得很有正義感的同學，走到背後拍了拍我的肩膀，拿出一條價值人民幣三塊錢的**火腿腸**（註一），用一種既哀傷又憐憫的眼神看著我。我楞了一下，正打算為我的興趣稍做說明，說時遲那時快，那位同學很迅速的將手抬起，搖晃了兩下，感覺上像是在對我說：「不用說什麼，大家都是中國人嘛，哪分什麼彼此呢！今天你有困難，我把我的**肉腸**

給你吃（有A嗎？），大家兩千年前本是一家，血濃於水，說不定我的祖先也吃過你祖先的肉腸，不然今天怎麼會有我。（應該不A吧？）所以說，兄弟有難，兩肋插刀。俗話說得好：『兄弟如手足，女人如衣服。』不過先說好，你穿我衣服，我砍你手足，你動我手足，我就穿你衣服。這點小事還是要先說明白的。總之，什麼都不用說，今天你這麼落魄，餐餐吃泡麵，其實也只是時運不濟而已啊，以你的資質，哪天要是發達了，別忘了小弟我才是真的！收下吧，好兄弟！」

你看看，多厲害啊……千言萬語盡在不言中，一個眼神就傳達了這麼多事，這就是四千年中華文化的奧秘啊！所以說，中國功夫的確是「勁」！

從那次之後，為了不要讓大陸人誤以為台灣是個水深火熱的難民區（坦白說，還真沒多少人發現我是個台灣郎），加上那陣子的落髮跡象讓我十分擔憂，於是我終止了這項有機會登上金氏世界紀錄的偉大挑戰。

除了泡麵之外，飲料也是我很喜歡挑戰的一個項目，在台灣的時候我常常會去便利商店看看有沒有出了什麼新的飲料，然後買來喝。有一次，我到一間賣調味茶的店，站在吧台前，對著飲料清單左看右看，想找出個看起來既好喝又新奇的飲料，站了大概十五分鐘，被老闆娘偷瞪了八次左右，我決定來杯我個人的特調。

徵求過老闆娘的同意後，我開始在清單上挑選，雖然沒有像周星馳電影「賭聖」裡面點的「五加皮、雙蒸、二十四味涼茶、豆漿加一顆龜蛋攪拌均勻、再加一滴墨汁」這麼帥氣，但是看看同一家店的珍珠奶茶才賣二十元，我那杯特調居然要價六十五元，就知道這杯東西真的很有內涵。

「好像有點發黑……」拿到飲料後我有點後悔。

「你自己要特調的啊。」女友開心地喝著她的芋香奶茶。

「可以不喝嗎？」我看到杯底有汽泡在往上冒……可是我記得我沒加汽水啊！而且如果我沒記錯，這應該是杯被叫做「茶」的東西……我突然覺得肚子有點痛。

「你說呢？」女友指了指被用紅筆寫在杯子上，大大的**65**。

「……」看著那杯很像我小學畫水彩畫用剩的洗筆水，我發現背上不知何時已經汗濕了。

最後，秉持著我一貫的硬派作風我還是喝完了，整個滋味只能用「妙不可言」四個字來形容。

雖然說還不至於讓我當場倒斃，但當天還是不免俗地拉了個通宵，初步估計，拉出來的應該價值超過六十五塊台幣。

「整個就是虧大了嘛……。」我感受著還在發燙的肛門，暗自發誓不再幹這種蠢事。

後來到了日本後我還是死性不改，一到超市和便利商店又是一陣亂買。

這才發現，我之前以為日本的飲料品種有很多的印象是錯的，其實以品種論並不如台灣多，這可能跟日本人保守的個性有關吧，不像台灣人這麼喜歡亂喝不同的飲料（應該不只有我……吧？），不過日本的飲料特別之處在於他們比較不甜，注重香氣，當中最令我讚賞的是常常會有「期間限定」、「季節限定」飲料推出。不過這只是我一開始的誤解，後來才發現其中大有文章。

季節限定的飲料，往往是使用當季才有的水果做出各種果汁和水果茶，不見得都很好喝，但是因為還要賣上一整季的關係，所以製作上都還算嚴謹，就算不好喝也不會難喝到哪裡去。

但「期間限定」的問題就很大了，味道差異很大，而且時不時會出現有點難入口的東西，我懷疑根本就是拿消費者試驗新產品，或是把剩下沒用完的合成調味料隨便混一混就拿出來賣了。可是新飲料對我來說，就像是火光對於飛蛾那樣，明知會痛不欲生還是硬要上啊!!

沒辦法，追求瞬間的燦爛才是男子漢應該走的道路啊！（拇指）

有次在上課中被要求討論自己的興趣時，我不小心說出喜歡挑戰沒喝過的飲料這一回事，結果美女老師居然語出驚人的表示，她聽說有廠商要推出「碳酸咖啡」！

見鬼了，有氣泡的咖啡到底算咖啡還是汽水啊？我還在猜測「是不是因為比較苦又不甜，所以才叫碳酸咖啡而不是咖啡汽水？」的時候，老師又說了一個更驚人的商品——「**小黃瓜可樂**」！

啊啊啊……太銷魂了……

「不過……小黃瓜可樂……用來敷臉的嗎？」我深深地疑惑著。（註二）

註一：大陸的火腿腸是一種材料介於火腿和香腸之間，可是吃起來很像麵粉團的條狀物。據說會變成現在這樣口感奇差的狀態，是因為所有廠商達成共識：「聯合偷工減料，用麵粉取代大部分的肉。」所造成的結果。

總之，我第一次看到的時候覺得這東西長得很猥褻，粉紅色略有彈性可是又軟軟長長的一條，跟公狗發情時露出的東西有點像，而且還滿難吃的。可悲的是，後來吃著吃著我也習慣了，甚至一度覺得「還不錯！」，在這邊我要深深的為我的墮落向美食天堂的台灣致歉，我玷污了身為台灣人應該有的驕傲，對不起。

註二：這兩樣商品，碳酸咖啡和小黃瓜可樂，據說是發行條件更為嚴苛的區域限定商品，所以我到現在也沒有在我住的地方看過，後來到底是不是真的有做出來賣，還是說發行地不在地球而是在火星，這我就不得而知了。不過我還真想喝看看啊……

對了，摻在一起做成**碳酸小黃瓜咖啡**不知道有沒有搞頭？

減肥的勇氣

我因為瘦，所以時不時會被女性朋友問到保持苗條的方法。

其實身為一個男子漢，被說「苗條」有點尷尬，就像「可愛」這個詞一樣，都是被我歸類在「軟派」用語裡面，聽起來覺得有點娘，不過我還是在此據實以告我保持身材的方法。

這一切要從我小時候說起，當年我還在讀小學，有一天，安親班老師說：「天氣這麼熱，我們去戲水吧……」一堆笨笨的小學生就開始歡呼了，完全忘了二十世紀早已經歷過了工業革命，河川裡到底會有什麼亂七八糟的東西很難說，回來搞不好自己還會多了什麼特異功能，身上長了什麼奇怪的東西，結果因為不夠帥，從此註定當個大反派。

現在長大的我頗有自知之明，知道自己不夠帥，當然不會冒這個險去河川戲水，但是當年天真無邪的，誰知道啊……。

就這樣，我們一票笨小孩被帶到我也不知道在哪裡的河就開始玩水了，而我們被帶去的那條河，外觀上看起來淺，其實有些地方還滿深的，足以讓我們一群小學生腳踩不到地地游泳，學過游泳的我，當然是什麼也不怕的就游到深處去了，而有些不會游泳的，也抓著泳圈，啪搭啪搭的在後面打水跟上來，然後我們一群人就在河中央玩了起來。

如果大家有跟小朋友玩過，就會知道「小朋友是非常邪惡的」，那種毫無惡意的邪惡舉動，實在是會讓人發毛。

「無惡意的邪惡舉動」聽起來很矛盾是不是？可是我舉個例大家就明白了。

在我小學的時候，有一天，老師跟我們講了一則新聞，就是當時有一位小朋友，因為惡作劇，在同學的椅子上插了一枝鉛筆，然後同學在不知情的情況下一屁股坐下去……「噹啷……鉛筆不見了……」就像蝙蝠俠續集「黑暗騎士」中，小丑所表演的那個魔術一樣。後來，那位小學生因為鉛筆由肛門刺入，再由直腸穿出，血當場稀哩嘩啦地流了一地，整個人倒臥在血泊中抽搐……。

過了幾個月，老師又講了一則新聞，這次是另一間小學，有一位小朋友在同學「起立、敬禮、坐下」的坐下那一瞬間，因為玩心大起，突然把前方同學的椅子抽掉，導致那位同學重重摔倒在地。送醫後，醫生說：「因為傷到脊椎……沒意外的話，他這輩子都離不開椅子了。」諷刺的是，小朋友在對方失去重心摔倒時還哈哈大笑……而那天，我也差點因為同樣的惡作劇摔在地上，要不是我坐下時正好想把椅子拉前，手摸了一下，搞不好我現在寫的就是殘而不廢的勵志文學了。

又過了幾個月，我又聽到了別的新聞……大家有沒有突然發現，「童年」兩個字，完全就是血腥與危機的代名詞，上學根本就跟進行「大逃殺」（註一）沒兩樣，能安全活到現在的，絕對是因為小時候有到宮廟拜拜安太歲！

回到故事，當時我游啊游的游到河中央，手扶在老師帶來的充氣塑膠船上，靠在上面休息，休息了一陣，我轉身改用仰躺的方式，只有頭靠在船上，加上腳部的打水保持平衡。而當時，船上坐了幾位小朋友，突然間，一位小朋友不知道為什麼，突然迸發「無惡意的邪惡」，一把把我的頭壓進水裡，看著我在水中掙扎，他哈哈大笑，其他的小朋友也跟著哈哈大笑，一群人就像鬼上身一般狂笑不已。

最後我是掙脫開了，成功生還回到岸上，不過我喝了好幾口河水，而那些河水，事後證明是被污染的……就因為這樣的陰錯陽差，我得到了一身女人們所羨慕的奇異能力。

接下來的劇情，請翻閱美國版的X-Man系列作品。（喂……）

好啦，之後我所得到的特異能力就是「怎麼吃都吃不胖」、「吃太油的時候會在大號時，自動排出一部分油脂」，更妙的是，如果東西不乾淨，我會比一般人更敏感，進食後一小時到二十四小時之內就會開始拉肚子，拉得一乾二淨。

舉一個例子來說，我在大陸時，不知道為甚麼，只要一喝牛奶就拉肚子，不管哪一個品牌的產品都一樣（當時不知道，現在大概可以猜到了）！偶爾不信邪想再試試，肛門就會像F1賽車的排氣管一樣，呈現大輸出狀態……搞到最後我只好放棄多年養成的習慣，不再喝牛奶。

進一步思考，也許我可以到政府單位應徵什麼食品衛生檢測員之類的工作，檢驗結果迅速準確，只要等待最長二十四小時即可。缺點就是我大概很快就會二轉（註二），沒機會看電影買敬老票，也領不到老人津貼……這樣太虧了，所以最終我放棄了這個計畫。

所以啦，在這種什麼都可能有假的黑心食品年代，我建議政府公費幫每人都打一針利用高技術生化科技製成的「純天然沙門氏菌」（註三），讓大家可以獲得「食品檢驗機」的能力，從此不用再為了吃喝瑣事擔心受怕，而愛美的女性，也可以因此獲得「怎麼吃都不會胖」的完美體質，一舉多得！

嘖……這麼多好處，不趕快去打一針怎麼對得起自己啊！

可是，與其期待沒遠見的政府等到一百年之後來做，不如自立自強比較實在！我們貼心的廠商也正好在五十週年之際，推出這款「限量優惠套餐」來回饋廣大長期支持我們的朋友。

但是，「限量是殘酷的」，大家先到先得啊！

當然，這麼好的東西，多少還是有點小小副作用。就像身材苗條了，胸部多少也會縮小，純天然的就是這樣！這點小小的缺憾，相信愛美以及注重健康的廣大朋友們還是能接受的。

照我個人的經驗來說，剛感染沙門氏菌的時候，會先「小洩肚子」，然後漸漸轉為「中洩」、「大洩」、「狂洩」，然後快轉為完全體的時候，你會清楚感覺到自身的變化，你的腸胃就跟噴射機的引擎沒兩樣，會持續發出性感的低鳴聲，你的肚皮會媲美噴射機機身的板金，運轉時產生微微的振動，充滿了力與美，你的肛門就像噴射機的排氣口一般，豪情四射。你會覺得自己快進化成「變形金剛」了！

聽起來很令人嚮往，對吧？

整個變化的過程是全自動化的，完全不需要您勞心勞力，就算躺在床上，您也會情不自禁的不斷「排出」、「變化」，所以這邊有個小小的建議，就是注射疫苗前半年，下半身的衣物可以不用再添購了，因為穿到的機率不高，基本上您都會是脫掉褲子在廁所過生活的。所以說，提前將廁所佈置得美美的，放點小花，將馬桶墊加裝軟墊，財政允許的話，加裝「免痔馬桶系統」是最好的，因為它的座墊溫熱裝置可以幫您的小屁屁保暖，以免著涼，而且它的如廁後水洗裝置，可以助您免去因「廁紙過度摩擦肛門」所帶來的運動傷害。

所謂的「低調奢華」，不過如此！

現在，整個流程已經快進行到尾聲，大概只要拉到大便有血，你感覺到自己腸子的黏膜開始剝落，整個大腸頭快從屁眼噴出，這時候你就可以叫救護車了。

值得慶幸的是，現在手機已經相當普遍，所以即使人離不開馬桶，也不愁無電話可打。如果是我小時候那個年代，就只能祈禱客廳別離廁所太遠，不然打電話途中噴發出來的排泄物處理起來很麻煩的。大家應該有試過在腳髒的情況下拖地，拖過的地方因為自己踩到，結果又髒了，於是回頭又拖，腳又踩到……無限循環。在救護車來之前，一邊排便，一邊擦糞，充滿了無限循環的絕望，可是又不能倒下，否則可能會倒在排泄物上。想遵循古法的人，雖然是辛苦了點，但強撐之下，整個人會感覺到心靈很充實，連身體也健壯了起來，一夕之間功力可增加數十載，比楊過睡寒冰床還有效！

這種懷舊、性格、不插電的流程，也是我們熱銷的方案之一！推薦所有厭惡資本主義，踏實向上的貴客。

題外話，當年我因為空著肚子拉實在太難過了，所以我那個在醫院當主任的阿姨來看我的時候，我是拿著八寶粥在廁所邊吃邊拉的，感覺這樣好像會緩解一點，結果後來入院才知道，這只是我的錯覺，在那種狀態下不管吃任何東西都只會加重病情而已。這點，我們也都有寫在這本超詳細的「使用說明」中，今天一樣讓大家「免費」帶回家！

流程的最後，是在醫院的病床上度過，時間約兩週，兩週內，不能吃任何東西，不能喝水，完全靠點滴維生，之後你就可以脫胎換骨，對這個世界充滿**感恩**。

即使兩週過後，一開始只能吃很稀的白稀飯，你也會感覺這是上天的恩惠，整個人對神的恩典充滿感激，比去受洗或是**剃度**都還要有效得多！而且只要十四天，不用花大半輩子聽人講經，不用花大量時間禪修，更不用發狂大喊哈里路亞！

一切只要十四天，只要十四天，改變您和您子女的一生，就是這麼簡單！

以下是訂購專線，打電話囉……

現在打來訂購，一針只要十六萬八，免運費，讓您一路發！還送二十四小時免費諮詢服務。另外，如果加購「如廁空間美化三八八八專案」，我們就會把市價「三八八八免痔馬桶組」送給您！

值得一提的是，這個專案上過「整面都是廣告國際雜誌」，還有「出錢隨便你寫國際雜誌」！

有沒有……國際雜誌，國際介紹！

各位看看，有沒有……有沒有……

還有，我們在「哭八貴，別人都找不到拍賣」查到，網路報價十七萬！

比我們貴了整整快一倍了，有沒有？有沒有？

我們幫各位朋友跟合作廠商廠商爭取優惠！現在除了提供二十四期零利率之外，再．打．八．折！機會難得，請快撥打電話喔……

好，我們現在電話滿線中，我們空中連線請陳總來跟我們再說明一下，這個專案到底有多優惠，來，陳總請……啊！陳總，陳總你怎麼哭了？

各位觀眾，我們合作廠商代表陳總**因為實在太便宜，都哭了**！因為實在沒利潤啊！沒．利．潤．啊……各位觀眾！

不好意思，陳總，你先休息一下，我們等一下再連線，先切回現場畫面。

咦？好大、好可怕的聲音喔！嚇死人了……

導播……這是什麼聲音？

什麼？其他廠商抗議太便宜，在外面抗議？！

各位朋友，只有這檔，**真的只有這檔**，我不再多說了。

如果錯過這檔，我只能說：「朋友我永遠祝福你……朋友你永遠買不到……」

不好意思，各位朋友，現在線路全滿，如果打不進來，請再多試幾次。

如果是老朋友，請利用免費語音專線，可以再折一百塊喔。

○八○○—四八七—四八七，拎杯盈盈，洗北七，洗北七。

打電話囉……（咪啾）

註一：大逃殺是一部描述新世紀開始，日本政府通過「新世紀教育改革」法案，亦即《BR法》（Battle Royale），把一群青少年帶到風光明媚的海島上，並讓他們在山川、海灘、別墅間用各種武器追逐嬉鬧，給與他們充分進行「不正當異性交往」的機會，是一部徹底對「情人節去死去死團」挑釁的作品。

註二：二轉，網路遊戲中升級到頂點，然後「轉生」的叫法，之後叫三轉，以此類推。

註三：沙門氏菌是在台灣地區引起細菌性腸炎的主要病菌之一，號稱「夏季殺手」，好發於夏天，但在台灣卻是一年四季都有流行。

一般在吃到污染的食物或飲水後六到四十八小時出現症狀。輕則黏便、水便、腹痛、發燒（七十%以上病人會有）；重則血便、腹脹、高燒不退、劇烈腹痛、甚至嘔吐。

典型的沙門氏菌腸炎之糞便呈深綠色且惡臭，就像是「臭水溝裡長滿青苔的污泥」一樣，如有血絲便，更像「長滿青苔的污泥參雜一些番茄醬」。（摘錄自方旭彬醫師發表的文章）

Chapter 3

男子漢的堅持

堅持，是硬漢的成功之道

居禮夫人說：「人要有毅力，否則將一事無成。」

當我們面對逆境，鼓起勇氣，接下來最重要的就是「**堅持**」了。

很多時候，我們不堅持到最後是不會知道結果的。

就像國父孫中山，如果他的革命沒有堅持到最後，本國所有女性可能都還在纏小腳，所有男性可能到現在都還在剃光頭留辮子，換句話說，如果不是國父的堅持，現在棒○堂跟黑○會怎麼能對頭髮又抓又染，怎麼能什麼才藝都沒有的在電視上「磨鼻子」跟「呼呼呼呼」地亂叫。

就像編劇鬼才鄭文華，華哥的「台灣龍捲風」，若你不堅持看下去，怎麼會知道原來愛滋病也能玩得這麼出神入化、屍橫遍野。不愧是本土編劇一哥的華哥，好樣的！

世間萬物也是如此。

例如我們不把米煮到最後，怎麼知道這該死的硬東西，居然還可以這麼軟Q。

例如我們不把花苗好好培育，怎麼知道像雜草一樣的東西，居然也能綻放出如此美麗的色彩。

例如我之前養的一隻叫做「弟弟」的兔子，養到最後居然變成了「母兔」！這也是我始料未及的。（註一）

所以說，堅持，真的很重要。

堅持到最後，我們才能享受成果的美好！

堅持到最後，我們才能了解事情的真相！

堅持到最後，我們才能成為一個頂天立地的硬漢！

註一：兔子在成熟之前，很難辨識性別，所以木蘭詞當中才會有「雄兔腳撲朔，雌兔眼迷離，兩兔傍地走，安能辨我是雄雌？」這種說法。

關於分辨兔子性別的方法，年幼的兔子因發育未完，生殖器官仍隱藏在體內（公兔的陰莖除了交配以外，平常都隱藏在體內），所以很難分辨公母。成熟的兔子從肛門一帶即可分辨性別。

不過比較簡單的方法是，成熟的雌兔脖子會長出一圈像「圍巾」的脂肪，雄兔則沒有。另外，聽說兔子的圍巾就像人類的胸部一樣，越大對雄性的吸引力就越強……我家「弟弟」的圍巾就很小，而且還常常跑去「騎」其他母兔，我很懷疑她的性向。

日本考照的堅持

日本人的**龜毛**是出了名的，作為日本產品的消費者來說，這是值得高興的，因為品質有保障，但在某些時候，感覺就不是那麼好了，例如說：考駕照。

最早，台灣人拿台灣駕照要在日本開車是不行的，但九十六年九月二十一日起臺日雙方駕照互惠措施正式實施後，台灣人要在日本開車，可以使用「臺灣駕照的譯本」。

當時我十分興奮，趕緊上網查了關於臺灣駕照要如何在日本使用，才發現：

除非離境日本三個月以上，否則臺灣駕照的譯本在日本**只能用一年**。

這是交通部的公告

臺日雙方駕照互惠措施須知

壹、交通部九十六年九月十九日公告：臺日雙方駕照互惠措施自九十六年九月二十一日起正式實施；**臺日雙方本平等互惠原則，同意雙方國人持該國所發正式有效之駕駛執照及其譯本，得在各該境內駕車。**

貳、日人來臺持有日本政府所發有效之正式駕照及其中文譯本者，得於入境我國一年內，在符合「日本駕駛執照適用臺灣駕駛執照對照表」之駕駛條件下，在我國內開車。

參、持臺灣駕照可於日本國內開車之期間限定於入境日本後一年內。但針對在日本持有外國人登錄證或住民登錄票者則另有後述之特別規定：於入境後出境，並在三個月內再入境日本時，其可於日本國內開車之期間將由前次入境日起算，而非自再入境之日起算。

也就是說，這個措施基本上只是給短期旅遊的人方便，長期居住日本者，還是要去拿**日本駕照**比較實在。

考慮到我要長期待在日本，不得已只好開始準備考日本駕照的相關事宜，上網查了需要的資料，發現大家都說：「日本駕照超難考，奇奇怪怪的規定很多，沒上過駕訓班根本不可能通過，所以建議不要直接去考照，建議先到駕訓班指定上短期課程，不然直接去考照只是白花報名費。」

為什麼這邊會特別註明「短期課程」，因為日本駕訓班一個完整的課程十分昂貴，各地行情還不一樣，但至少都要台幣十多萬，相當可怕的價錢。據我詢問日本人的結果，他們說：「這是因為**官商勾結**……以前不上駕訓班有可能過，現在根本不可能，就算是日本人，一千個人當中也只有四個人能過。」考過之後，我才明白，就算只有四個人過，那四個人也肯定是用非正常管道才能通過的！（原因我後面會說）

看到眾網友們言之鑿鑿，加上我秉持著「君子不立危牆之下」的座右銘，於是趕緊到附近的駕訓班詢問短期課程事宜。

到了駕訓班，我說明：「我已經有台灣駕照，想要考日本駕照，但因為怕不能通過，所以想稍微練習一下，有沒有短期的課程可以上？」

櫃台小姐好像沒遇過國外的客人，驚訝了一下，趕緊跑去詢問主管，然後回覆我：「你有詢問過**駕駛技能測驗中心**（原名：運轉免許試驗場／試驗中心）嗎？」

我有點納悶，因為我要練習駕車，為什麼要先詢問測驗中心？說難聽點，老子有錢，高興花大錢來你這邊開車玩玩，還不行嗎？

於是我把我的來意又說明了一遍，對方又用同樣的話回覆我，就這樣，我們來來回回重複了三次同樣的對話之後，我終於忍不住了：「不管我考不考駕照，我想花錢練習開車，這樣不行嗎？」

結果對方還是回覆：「你有詢問過駕駛技能測驗中心嗎？」還加上一句：「你是不是聽不懂，**你有沒有朋友懂日文的？**」我靠！所以是我腦子有問題是吧？

我發現我完全無法跟駕訓班的人溝通，為了不想再浪費時間，我投降了。我直接跟櫃台人員要了電話號碼，當場用手機打去！

「不好意思，我目前已經有台灣駕照，我想換考日本駕照，我知道考試的條件，但為了保險起見，我想先在駕訓班練習，這樣可以嗎？」我面帶得色，看著那個講不通的櫃台人員，大聲的講出這一段話。

「你有預約嗎？」

「啥？」我不知道他在說什麼，我也相信沒有任何一個台灣人知道他在講什麼。

「想考駕照的話，要先預約喔。」

「呃……我不是想考駕照，也不是，我是想考駕照，但我想先去駕訓班練習啊，可是駕訓班的人叫我一定要先打電話問你們那邊。」我感覺到櫃台人員用一種「看吧」的眼神回應我，該死，這一定是陷阱！

「想考駕照的話，要先預約喔。」電話裡的人又重複了一次。

「我說了我不是要馬上考駕照啊，我是想先到駕訓班練習！」現在是鬼打牆嗎？

「想考駕照的話，要先預約喔。對了，**你那邊有沒有聽得懂日文的人啊？**」

我靠！

「天啊……誰來救救我啊!!」我感覺正站在懸崖邊，浪花沖擊著我僅剩的立足點，我對天吶喊。

此時的我正瀕臨崩潰邊緣，彷彿置身在一個瘋狂而又陌生的次元，我緊緊的捏住自己的手機，慢慢深了個呼吸：「好，請你給我預約電話。」我認知到，人類跟答錄機還有草履蟲都是無法溝通的。於是我投降了，跟對方要過電話之後，黯然離開駕訓班。

後來我打電話去預約，才知道居然要夭殺的等兩個月！

兩個月耶！我有沒有聽錯啊？兩個月可是六十天，連月經都快來第三次了！

而我只是想問一句：「**我可以在駕訓班學開車嗎？**」

這都要等兩個月？

「別這樣，我想開車啊……」這是我心中的OS。

我後來還問別人，是不是日本駕訓班都是國營的，而且之前有恐怖份子開駕訓班的車出去撞大樓，造成數千人傷亡，全國損失超過千億什麼的，否則，為什麼我要到駕訓班開個車還要長官同意啊？但我得不到答案。

兩個月後，我開了一個半小時的車去報到，結果對方也不讓我問問題，直接叫我交出護照和駕照，以及台灣駕照的日文翻譯本，然後請我先去吃午餐，因為他要花一個半小時來驗我的證件是不是真貨。

然後，吃完飯之後，他叫我去做身體檢查跟筆試。

「還好筆試有中文，而且很簡單……呼！」靠，我是來問可不可以上駕訓班的吧？

就這樣，我莫名其妙通過了筆試，然後監考官發給我一張很像迷宮的單子，上面密密麻麻畫滿了反覆彎折的路線圖，並告知我必須背起來，等一下要照著這張「迷宮指示」的路線開車。

「靠，這是怎麼一回事啊！」事已至此，錢都繳了也只好死命地背，但到最後腦子還是一團漿糊，路考的時候一直被旁邊的監考員提示路線錯誤，還一直被踩輔助煞車，這對一個把「單手旋轉方向盤」當成基本技能的硬漢國家的男性來說，簡直恥辱到了極點，嗚……我對不起國家，對不起人民，對不起青天白日滿地紅的國旗啊！

不過意外的是，我發現我居然可以很輕易地開過S型（不用倒車），這點我滿驚訝的。而日本的路考，不知道是不是因為我是外國駕照轉換，居然不用考路邊停車和倒車入庫（我路邊停車超弱的），但他們加考了一項「連續直角轉彎」，要連續通過兩個九十度角的彎道，個人覺得比S形還難開，但天縱英才的我還是一次就通過了，總算稍微扳回一點顏面。

考完那一瞬間，我只覺得：「我剛剛死命背那張路線圖是要幹麼啊？」

接下來，我們一堆考生，除了我根本是徹底放棄之外，其他人都很緊張，看得出來他們都重考不少次了。

接著主考官一個個把人叫上前，告知對方是否通過，並說明沒通過的原因。

「你看到『停止標誌』停車的時候，頭沒伸向前左右觀看，要知道，這裡不是美國，是日本！日本很小，有很多小巷子，巷子有一堆死角，一不注意可是會撞到人的，我們不像你們美國那麼大，可以隨便開。」這是考官對一個美國女生說的，好像有點道理，不過天曉得日本小到開車頭不往前伸就會撞到……另外，主考官最後一句真酸。

「你開車太靠邊邊了，而且轉彎前光看照後鏡不夠，還要稍微轉頭看一下窗子，要知道，這裡不是〇〇國，是日本！日本很小，路旁常常有腳踏車和機車，萬一撞到怎麼辦？」果然又是一個肯定讓我不合格的原因，不過我敢肯定，台灣的腳踏車和機車肯定是日本的十倍以上，日本沒資格炫耀啦。

「你打方向盤的手勢不對！」我簡直難以置信，可是主考官話剛說完，居然直接從桌底下拿出一張圖文並茂的「如何正確打方向盤」護貝卡，叫我不信都難。嗯……原來我好不容易練成的「帥氣單手迴轉」是錯的，「轉彎後放開方向盤讓它自己轉回來」也是錯的，就連平常直線前進時，握住方向盤的雙手也要把拇指伸出來按著方向盤才是最正確的姿勢。會不會太誇張了？

「你出巷子開得太快，要一點點慢慢把車頭開出去才對。」有人跟我一樣快要抓狂了嗎？

「你開得太慢。」……你乾脆說他長得太醜算了。

老實說，如果這時候主考官突然拿出兩根吸管插在頭上，然後說：「我是從機掰星來的機掰星人，這兩根像吸管的東西是我發射機掰光線的器官，逼逼逼逼……」我·一·**定**·**會**·**相**·**信**·！

「最後一位，看得出來你應該沒上過駕訓班是吧？」不好意思，說的就是我本人啦。

「你還是先去上幾堂課比較好，剛剛沒通過的人，我建議你們都再去多上幾堂課吧，這樣通過的可能性比較高。」

混帳，駕訓班的價錢可是一個流程幾十萬上下，你說上就上啊，果然是官商勾結！

總之，最後的結局就是，今天報考的外國人**全軍覆沒**，一個也沒通過。然後我拿著我報考失敗的紀錄表回去給駕訓班看，他們馬上就同意讓我付錢學開車了，然後開了個很高貴的價錢（日幣五二五〇／兩小時），真是混蛋加三級。

後來我又去考了第二次，結果又是失敗收場，但這次我看到了相當動人心弦的一幕：居然有人可以連續失敗**十三次**還不氣餒，繼續預約第十四次！而且還是位女性！

據我過往的經驗，不少女生在考駕照這件事情上，與其承受更多的失敗，她們更傾向於直接找個男人當司機。而男人則因為沒駕照無法當司機會失去傳宗接代的機會，不得已，硬著頭皮還是要繼續考……因此，女性的堅持通常比男性更為珍貴，更何況還是十三次，這位女士真的很了不起。

要知道，在中國只要失敗十次，第十一次就可以當國父了！

所以說，如此感人的事蹟，真應該拍成電影來鼓勵千千萬萬的年輕人，順便譴責一下日本官商勾結的腐敗內政才對。另外，我嚴重懷疑日本人的自殺率居高不下跟考駕照這件事有關……噓……不要講出去，這是祕密。

後來我也沒認輸，秉持著硬漢精神，我又再接再勵地預約了第三次的路考，打算跟他拼了！反正就算我考個一百次，繳的錢加起來還是比上完駕訓班所有課程便宜，我就不相信到時候我還是過不了！

結果……請看政府公告。

自二〇〇八年十月一日起，台灣駕照持有人得免路考及筆試申請換發日本駕照。制度概述如下：

1.依照日本當局所定的對照表，核發同等級之駕照。

2.仍需通過視力、聽力等其他體適能檢查及駕駛經歷的確認。

3.取得臺灣駕照後之在臺停留期間總計未滿三個月者，不適用此一特例措施。

4.經由此特例措施而取得日本駕照者，不會沒收其臺灣駕照。

我這樣算是賺到還是虧到啊？

總之，堅持，是硬漢的成功之道！

堅持到最後的才是勝利者啊！

補充說明：

辦理台灣駕照換發日本駕照申請手續時，請備妥下列資料：

(1)申請書

(2)身分證明文件（護照、外國人登錄證等）

(3)照片一張（最近六個月內拍攝之高三公分，寬二・四公分素色背景脫帽照片。背面請寫上姓名及拍攝日期）

(4)臺灣駕照（無須再經驗證手續）

(5)臺灣駕照的日文譯本（無須再經驗證手續）

(6)取得駕照後在臺灣停留了三個月以上的證明文件（通常為護照）

(7)手續費（在東京都內申請換發普通駕照之費用為四千五日幣）

另外，關於臺灣駕照之日文譯本的Q＆A

Q1：申請「臺灣駕照之日文譯本」應帶那些證件？

A1：駕照正本及身分證正本。

Q2：在臺灣何處可申請「臺灣駕照之日文譯本」？

A2：全國各公路監理單位皆可申請（可越區申請）。

Q3：在日本何處可申請「臺灣駕照之日文譯本」？

A3：㈠臺北駐日經濟文化代表處、橫濱分處、那霸分處。

㈡臺北駐大阪經濟文化辦事處、福岡分處。

㈢社團法人日本自動車聯盟。（於各都道府縣之聯盟事務所設有受理窗口）

Q4：申請「臺灣駕照之日文譯本」要多久時間？

A4：向全國各公路監理單位申請辦理時間約十分鐘。

Q5：申請「臺灣駕照之日文譯本」費用多少？

A5：有關「駕照譯本之規費」，擬於修正「公路證照及監理規費收費辦法」後據以收費；尚未修正該辦法前，以「證照資料列印費」每份收新台幣十五元。

告白的堅持(1)

所謂的「吊橋理論」，是Donald Dutton和Arthur Aron兩位教授在一九七四年所提出的理論。

當時，他們派了一位女助理研究員，分別到兩座橋上對來往的男性們做問卷調查。

一座是高度高、寬度窄、又不穩定的吊橋。

一座是相對的高度低而且穩固的水泥橋。

女助理在問卷調查後，會遞給每位男性一張有電話號碼的小紙條。

結果顯示，在吊橋上受訪的男性，回電率有六十%，水泥橋上的則不到三十%，差了兩倍以上！

這兩位教授認為，在吊橋上的男性，會把因為不安環境（吊橋）產生的恐懼所引起的心跳，誤以為是對那位女性助理心動的感覺。

因此，感謝上帝，我們不用改裝成紅色長角（註一），只要到**會讓人緊張、心跳加速**的場所，就能混淆對方的感覺，讓對方誤以為自己心跳加速是因為你的告白，大大提高「告白成功率」。

根據這個理論，我們可以解釋，為什麼夏天會有「墮胎潮」。

這絕對不是因為莘莘學子放暑假時間太多，熱血無處發洩，只好上賓館吹冷氣，蓋棉被純聊天。而是因為台灣夏天多颱風及雷雨，因而造成不安定的環境，致使告白成功率大增！

根據這個理論，我們可以知道，為什麼說到「約會」，一般人都會想到遊樂園，特別是日本漫畫。

仔細觀察，我們可以發現，遊樂園裡面其實充斥著各種讓人「心跳加速」的設施，例如搭乘後會讓人哭爹喊娘的刺激雲霄飛車，進入後會讓人哭叫不絕的恐怖鬼屋，還有坐上去會讓人**羞恥到面紅耳赤**的旋轉木馬。就算是動作遲緩的摩天輪，轉到高空之後，一樣讓人心跳不已，這也就是為什麼這麼多人會選在遊樂園自拍……咳，我是說告白。

知道原理之後，我們就可以更科學的擬定攻略，而不是拿朵花在那邊「喜歡我、不喜歡我、喜歡我、不喜歡我……」的胡思亂想了。

以下為示範流程：

首先我們要做的，就是把想告白的女性約出來，中午開始我們可以來個遊樂園半日遊，假意培養歡樂浪漫的氣氛，實際上是要藉由那些讓人哭爹喊娘、幼稚羞恥的遊樂設施來加速女方心跳。

出了遊樂場之後應該已近黃昏，伴隨著美麗的夕陽，如果你運氣夠好的話，應該可以遇到台灣特產，音樂超大聲的「台客改裝車」。

我曾經在電視上看過主持人訪問喜歡把車上音響開超大聲的台客：「為什麼

開了音樂之後車窗要打開，是因為覺得好東西要跟大家分享嗎？」

台客回答：「啊你白痴喔，音樂開那麼大聲，如果車窗關著頭會暈耶！這樣很容易撞車。」充分展現出台客們安全駕駛的決心。

只是，他們好像從來沒有想到過「音量可以轉小」這件事的樣子，但也許有另一個可能，就是改裝過後，加裝了「好好聽系統」的金光閃閃頭好壯壯台客車，他的音量最小就是那樣。

我這麼懷疑是有根據的，因為我曾在網路上看過一位重型機車版的版主在抱怨警察亂開單，他抱怨的理由是：「我的機車只不過稍微改裝，加裝了『好好騎系統』，不催油門時速都有八十啊，你限制時速六十是要怎麼騎？整路抓著煞車騎喔？這像話嗎？」所以說警察的規定一點都不合理。

回到正題，如果你有幸遇到底盤發光，彷彿快升天了的台客改裝車，請超他車，一般來說這樣子就能夠讓後面的台客車駕駛員拿出拐杖鎖追殺你，幫助你讓鄰座的另一半心跳加速。

如果你正好遇上佛心一般的台客，大發慈悲不想跟你計較，這邊提供個不錯的方法，「先減速，到對方後面用隨性的態度一邊閃燈一邊按喇叭，例如用『小蜜蜂』的節奏按，然後再度超車。」這樣除非對方的車是偷來的，否則一定會抓狂追上來。然後為了自己的頭蓋骨不要被敲碎，令人心跳加速的極速之旅就此展開。

請記得，要和對方保持著若即若離的距離，沿途加速直到衝進黑道事務所為止，是的，大家沒看錯，是黑道事務所，不是微風廣場，也不是新光三越。

這樣做的主要目的，是展現自己的**帥氣度**，以及增加女方的**心跳程度**，所以進入黑道事務所之後，首先，請先找到對方老大，但是黑道也是有上司壓力和交際需求的，所以十有八九，此時老大會出去跟老大的老大打小白球、洗三溫暖，讚美大哥大的刺青虎虎生風充滿男子氣概，以提高好感度。

但是大哥不在沒關係，這時候我們可以目測，選一個看起來長相最兇惡、脾氣最不好，而且看起來**有帶槍**（這很重要）的小弟，一口痰往他臉上吐下去，然後往他下體用力一踢，接著拉著女方的手轉身用力逃跑。

一定要用力逃跑喔，因為這時，我們剛才故意找有帶槍的人的卓越效果就會出現了——可以讓你帥氣地飛奔、翻滾在槍林彈雨之中，不時還會有攜帶拐杖鎖的台客殺出，保證讓女方心跳不已，對你為之傾倒。

時間過得飛快，不知不覺已經進入深夜，此時如果你們兩人都還活著，那麼相信你已經離告白成功已經不遠了。

注意，一定要活下來才算數喔！

那麼，請加油吧。

註一：在機動戰士Gundam U.C世紀〇〇七九年一月十六日一點，聯邦艦隊五十%遭吉翁軍擊破。吉翁軍的夏亞．阿茲納布爾（本名為卡斯維爾．萊姆．戴肯（Casval Rem Deikun），在機動戰士Gundam架空紀元宇宙世紀中非常活躍）駕駛機體頭上有長角的專用**紅色薩克**，擊沉五艘聯邦軍艦，因此獲得紅色彗星之稱號。

而實際上，此專用機體只有出力大三十%，但根據士兵的傳言，夏亞操作起來的感覺卻是三倍速。此後，便出現了「紅色的傢伙」＝「三倍速」的隱語。

而動漫愛好者之間，還另外出現了「要紅色長角才會三倍速」這樣的說法。

告白的堅持(2)

感謝洋人幫我們做吊橋理論的實驗，我們才能瞭解到中國古聖先賢們的智慧。

以前我一直不了解，為什麼中國情人節七夕要安排在鬼月（註一），現在總算了解，這是為了讓告白成功率增加兩倍以上啊!!

想想看，如果情人節是在普通的日子，心跳一點都不會加速，完全沒有加持作用，告白成功與否就完全憑實力了。難怪自從開始流行西洋情人節後，找不到男女朋友的曠男怨女就急速增加。

一時之間，領好人卡領到得憂鬱症，修電腦修到神經衰弱的消息也時有所聞，最直接的證據就是行政院的統計資料－「我國正步向人口老齡化，出生率逐年下降。」而阿宅大本營，日本，災情又比台灣更嚴重，因為他們不但有情人節，還有白色情人節。

真慘。

所以說，為了「**拯救國家**（出生率太低會亡國），**維護世界和平**（男女供需失恆，早晚會因此打世界大戰的）」這樣偉大的任務，我們首先要做的，就是恢復優良傳統，找回正確的價值觀！

是的，我們首先要做的，就是捨棄萬惡的資本主義西洋情人節，開始過符合科學，真正有意義的七夕情人節。

以下為示範流程。

一個簡單的開場，七夕情人節的下午我們可以約女方出來看電影。

需要注意的是，我們要看的不是傻不啦機的愛情片，而是要看內臟爆裂、腦漿噴出的血腥恐怖片，或者是嚇死人不償命的驚悚鬼片，這樣才能利用吊橋定律來增加我們告白成功率。

看完電影後，晚餐首推腸旺鴨血，或是蕃茄醬很多的蛋包飯。兼顧中西方口味需求的你，一定會被女方大讚貼心。

緊接著晚餐之後，我們很快的到了今天約會的重頭戲……不是賓館，而是日本人大力推薦的**夏日試膽遊戲**！

不過日本人玩得太小了，所以以下是我推薦的改良流程。

在百鬼盡出的農曆七月，一到深夜，空氣中就會自動瀰漫著一股令人心跳加速的荷爾蒙香氣，此時頗具盛名的處刑場、亂葬崗的屍臭或凶宅鬼屋內的血腥味更會將情慾一口氣提昇到頂點。此時此刻，請將事先準備好的約會聖品「碟仙」拿出來。

接下來的步驟很重要，大家要仔細聽清楚了。

當我們開始在上述場所內玩碟仙，應該有七十八%以上的機率能請到碟仙，請到的話，請開始問一些私人的、容易惹惱對方的問題，例如：碟仙碟仙你今天穿什麼顏色內褲？碟仙碟仙你的乳暈是粉紅色的嗎？碟仙碟仙你死前有快感嗎？用最挑逗性的問題，提昇你另一半的情慾，同時讓發狂暴走的碟仙把恐怖氣氛帶到最高點，最後一點很重要，這時有九十%的機率，碟仙因為太生氣而不同意歸位，恭喜你，You got it!今晚你告白的成功機率已經提昇至九十%以上。

但如果你是那倒楣的十%，遇到一位脾氣很好的碟仙，那麼請用一些必要手段讓它務必「**不能歸位**」，不管是假裝手滑也好，為裝成跌倒也罷，必要時找一些理由假裝生氣直接翻桌，也是個不錯的方法，例如：不滿意碟仙乳暈太黑之類的。

剛剛提到，我們在凶宅內玩碟仙，應該有七十八%以上的機率能請到碟仙，那如果很不幸，我們天生八字硬，或是根本就超凡入聖，神仙轉世，那麼請發揮演技，參考做法有：假裝請碟仙失敗，結果鬼上身；或是故意把風吹的聲音說成是鬼在哭，然後說自己有陰陽眼，把場面說得要多恐怖就有多恐怖（詳細作法可以參考台灣各種談靈異體驗的節目，裡面有示範不少如何作假的手法）。不管用哪種作法，只要能把約來的另一半嚇到哭，一樣是You got it!

值得注意的是，如果在過程中巧遇「陰風陣陣、打雷閃電、狂風暴雨」等具有強烈加持效果的自然天象，那只能說，恭喜你，你運氣好到不行，別說告白成功，根本就是「今晚，您想吃那一道菜呢？」

來，最後跟我一起呼個口號：

「驅逐韃虜，恢復中華。」

「西洋情人節去死去死……」

「七夕情人節萬歲萬歲萬萬歲!!」

註一：鬼月是農曆七月，七夕情人節是農曆七月七日。

為什麼情人節會在鬼月裡？

箇中原因可以參考我的第一本著作《超噓！日本妙事》，裡面有詳細的考證。

貞操的堅持

我高中的時候班上有一位同學，我只記得全班都叫他「超哥」，超哥超哥的跟著叫久了我也把他的名字給忘了，唯一可以肯定的是，我確定他不叫梁啟超。（好冷……）

我第一次注意到超哥，是因為老師把他的週記發回來要他重寫，而這已經是他一個月之內第三次被要求重寫，破了他以往的紀錄。

我很好奇，因為我那一週的週記，扣除掉對於氣候和交通工具，以及三餐的描寫之外，就算連標點符號一起算上也只剩五十個字不到。連我這種擺明敷衍了事的週記都能過關的話，到底還有什麼不能過？於是我下課便向超哥借了他的週記來看。

這一看，我才知道原來老師對於週記的標準原來要求頗低，只要有發生過就行，但超哥的週記……比較偏向《格列佛遊記》或是精神病患的自述，所以老師儘管看的頗高興還是要他重寫，不然教務處抽查到的話也很麻煩。

當週，他寫的是「阿里山論劍」（超哥說，因為他那週看了金庸），上一週，他寫了武林陰謀（他說，那是因為霹靂布袋戲很好看），再上週他寫了外星遊記（我猜測他大概看了好萊塢科幻電影或是倪匡的小說之類的），更之前，聽說他還寫上了跟各國元首泡茶聊天的機密內容，一整個就是高深莫測。

即使明知會被要求重寫，他還是堅持自我風格，時不時就在週記上胡說八道，他聲稱：「這是對『無理體制』所做出的『合理抗議』。」硬派到了極點。

除此之外，超哥還有一個很受人注目的特色，那就是，他**講話**的聲音跟**劉德華唱歌的聲音**很像，可是**唱歌**的聲音卻像**張學友講話**的聲音。

至於唱KTV的時候，聽有跟他出去唱過的人都說，他喜歡點張學友的歌，可是如果點了以後，螢幕出現的不是張學友本人的MV就會直接切歌，寧願換別人唱也不唱非正版MV的，非常有原則的硬派作風。

他因為不明原因比我們慢了一年入學（我想這也許跟他週記老是亂寫有關），加上又是年尾出生的，按照中國歲數的算法他還要加一歲，儘管如此，他高中入學的時候，孫耀威當年應該是二十四歲，可是他長得就像是老了三歲的孫耀威……每次看到他，我都很想問他是不是香港警察來臥底的，不然那張老了十歲的臉是怎麼一回事？在拍「逃學威龍」嗎？（註一）

俗話說得好，瘦死的駱駝比馬大，就算是老了的港仔孫耀威也比普通台客威一百倍啊！

超哥本人不只有著一張老成的港仔臉，而且還是個有著港仔口音的台灣人……我第一次聽到超哥使用港仔口音講話的時候，我心想：「台灣人當然要說台灣腔說普通話，用港仔口音講普通話是怎樣？我們台灣人引以為傲的**台灣國語**是哪裡去了？你的GUT是哪裡去了！**台灣魂**哪裡去了！」一整個就是讓人非常不爽。

但令人更不爽的是，他轉來班上沒幾天，我突然發現，當年我所就讀的自然組班上，碩果僅存的四位女同學，全部都在短時間內對這個假港仔產生好感。這對我年幼的心靈直接造成重大的打擊，直至那時，我才第一次真正瞭解到「人世險惡」四個字的意含。（註二）

這邊我要稍微解釋一下，在我那個年代，年輕人看的都是香港製造的電影，聽的都是四大天王等香港明星的歌，香港隨便來個小咖都是天王巨星，至於現在在夜店據說頗受歡迎的黑白屌，在那個尚未全球化的美好年代根本討不到好處。「所以說與其假裝ABC，還不如假裝港仔。」在當時，這算是個鮮為人知的劃時代的好點子。

想通了之後，我轉而對「台灣人用港仔口音講中文」這個點子佩服不已，也對「為什麼先想出**用港仔口音把妹**這種下流的招式的人不是我!!」而感到懊悔。

回到正題，雖然我嫉妒這個絕妙的點子，但也同時認為這傢伙真的是「天縱英才」，不過觀察過一段時間之後，我才這一切都是誤會，原來他不是裝香港口音，而是他真的就是只能用香港口音講國語。而且他那時根本無心把妹，因為他在感情上有著嚴重的挫折。

而這一切，都要從他那位「鄰居」說起。

他的鄰居有一位很特別的老爸，從小帶著他去嫖妓，他老爸嫖什麼他就嫖什麼，真正做到「不離不棄」，堪稱「父子情深」的典範。

為什麼我會知道？

因為這是超哥鄰居告訴超哥，然後超哥又說給大家聽的。

那，為什麼他要說給超哥聽呢？

因為他想「把」超哥。

看到這邊，有人笑出來了對吧！

「棍，不要笑，你們看不出來我很嚴肅嗎？」超哥當時是這麼對我們說的。

「事情是這樣的……」超哥嘆了口氣接著說。

「我鄰居他老爸的興趣就是到處尋花問柳，再加上他們父子感情又不錯，所以他從小跟著他老爸行走江湖，基本上什麼奇形怪狀的女人都試過了。」

「他說，其實躺到床上的話，漂亮的女人跟身材好的女人不一定好，真的要說舒服的話……」超哥停了一下，大家也被吊足了胃口，睜大眼睛仔細聽著。

老實說，我一直搞不懂，為什麼大部分人**仔細聆聽**的時候是**睜大眼睛**的，明明就是用耳朵聽，不是用眼睛聽啊，睜那麼大是要幹麼？又不能收集到更多的音波。

我想，這大概跟大部分人**畫眼妝**的時候，莫名奇妙的要**拉長人中**一樣，都是屬於人體七大不可思議之一。

好了，回到超哥。

「我鄰居他說，真的要說舒服的話，胖的才是最佳選擇！」

「啊？」我們所有人發出驚訝聲，有人不置可否，有人竊竊私語，總之，下面是亂成一團。

超哥看大家不相信，接著就把他鄰居的說明轉述給大家。

「他說，胖的女人因為肉多，緊縮感簡直不可思議，再加上周圍的脂肪，平衡掉多餘的壓力，整個過程的感覺啊……只能用『妙不可言』四個字來形容啊。」一瞬間我還誤以為自己是在聽日本美食節目的解說，彷彿那入口即化的雪花脂肪鮪魚肉就在眼前一般。

「合體，最重要就是置身其中的感覺！臉好看有什麼用，我不會看AV嗎？身材好有什麼用，胸部那兩坨油我還情願它長到下面去，這樣才真夠讚啊！」據超哥所形容，他鄰居當時的表情根本就是「神遊物外」，陶醉到外太空去了。

「所以我說啊，做這檔事，外表根本不是重點，」他鄰居回過神，接著說。

「最重要的還是觸感如何！」他鄰居邊說邊向超哥靠近。

「所以呢？……你靠這麼近幹嘛？」超哥發現事有蹊蹺。

「該怎麼說呢……就像我家老頭說的，凡是還是要嘗試看看才知道，就像我，如果我沒跟這麼多女人試過，我怎麼會知道胖女人比較好，所以說……」

「所以說？」超哥很好奇，不過他不知道──好奇心會害死貓。

「所以說各種女人我都試過了，就是還沒試過男人。」

「什麼！你不要再靠近過來了啊！」超哥大驚。

「你也沒嘗試過跟男人吧？你怎麼知道不會比較好？難道你不好奇嗎？我真的很想知道啊……」他鄰居一連丟出三個問句，然後瞇著眼舔了一下嘴唇，接著說：「怎麼樣，來一次吧。」他伸出食指，比著一。

「靠！我警告你，你不要再靠近我了！」超哥邊講邊退，一邊用眼角餘光尋求逃生路線。

「來嘛……試試看有什麼關係！」他那個筋肉糾結的鄰居把大門口鎖上後，整個撲上來。

超哥一邊大叫一邊狂奔，他的鄰居在後面狂追，最後兩個人就像在演武俠片一樣，以客廳的桌子為中心，互瞪對方的緩慢繞圈。

超哥他一點也不敢鬆懈，因為他知道他那個肌肉男鄰居的腕力和臂力奇大，一旦被抓住絕無逃生的可能，他的處男生涯也會從今天起用另一種形式終結了。

最後，超哥總算在他鄰居伸舌舔唇的那一瞬間，抓到空檔飛身到廚房，抽起刀架上的菜刀，轉身，用刀指著他那咬牙切齒的鄰居：「你給我滾出去！不然休怪我無情！」

他鄰居這才心有不甘的啐了一口，慢慢退向門口，離開超哥家。

我們大家聽到這邊，才知道原來這一切都是發生在超哥家，才知道原來世間居然有此等狂人。

這樣子次數一多，超哥也會受不了，所以他把家門口鐵門拉下，不讓他鄰居進入。可是這樣的行為反而會激怒他那位熱血無處發洩的鄰居，然後他鄰居就會瘋狂的踢打鐵門，大喊：「**讓我〇〇你!!我要〇〇你啊啊啊啊啊！**」聽起來很恐怖，不過超哥說他都是手拿菜刀坐在客廳看電視，以不變應萬變。果然是響噹噹的男子漢！

當然，報警是比較好的方式，可是他鄰居神出鬼沒，不一定會什麼時候出現，加上超哥覺得大家好歹鄰居一場，也不想做得太絕，所以也就任由他這樣了。

不過據說有次他鄰居不知道什麼時候居然偷打了一把他家的鑰匙，某天晚上居然偷偷潛入，差點就成功，所以好一陣子超哥的枕頭下都是放著菜刀睡覺的。

後來我們只要看到超哥在學校一副精神萎靡的樣子，就知道肯定他鄰居昨天又到他家幹了什麼好事。一直到高中畢業，據說超哥都還在為了**捍衛自己的童貞**，奮戰不懈，也因此根本沒多餘的心思交女友了。

往事回憶至此，我覺得不管是超哥還是他鄰居，那種為了自己的理念和堅持個人原則，不惜打破常規，和世俗挑戰的硬漢精神，實在值得我輩學習。

註一：「逃學威龍」是周星馳早期的電影，劇中他以一張老臉混入學校假扮高中生當臥底，以查出是誰偷走了黃局長的愛槍。

註二：多年後，思想漸漸成熟的我，終於對這件事釋懷，不再怨恨假港仔，轉而批判假ABC，也算是一種追隨時代潮流的進步。（好像還是一樣幼稚？）

浪漫的堅持

有一天，我突然想知道「什麼是浪漫？」我發現我活了二十多年，聽了「浪漫」二字不下數萬次，卻對「浪漫」兩字完全不了解！

「知之為知之，不知為不知」**不懂裝懂，對一個男子漢來說是不允許的**。

於是我上網查資料，得到了以下回答。網上查的資料顯示，現代中文詞典對於「浪漫」的解釋如下。

1.富有詩意，充滿幻想。

例：我的想法也許有點**浪漫**。

2.行為放蕩，不拘小節。（常指男女關係而言）

例：他們的關係太**浪漫**了。

大家有沒有發現，就算我把「浪漫」替換成「淫蕩」，很驚人的，所有句子依然通順，解釋也完全成立！

這是怎麼一回事？

如果一切為真，那「浪漫」跟「淫蕩」有何區別？

不求甚解，對一個男子漢來說是不允許的。

於是我轉而去問朋友，以下是我得到的回答：

女人的浪漫

1. 在私人海灘喝下午茶。
2. 被帥哥搭訕、告白。
3. 被帥哥送花。
4. 被帥哥送手機。

5. 被帥哥送相機。
6. 被帥哥送鑽戒。
7. 坐郵輪旅行。
8. 煙火。
9. 燭光晚餐。
10. 泡泡浴。
11. 花瓣浴。
12. 名牌包包。
13. 坐跑車兜風。
14. 看夜景。
15. 國外旅行。
16. 用蠟燭排愛心。

男人的浪漫（註一）

1.四十五歲娶十八歲的女子高中生（GTO）

2.穿黃金盔甲（航海王）

3.聖衣（聖鬥士星矢）

4.鑽頭（天元突破）

5.自爆裝置（鋼彈系列）

6.大艦巨砲（鋼鐵的咆哮二）

7.合體變形機器人（魔動王）

8.巨大人型兵器（EVA）

9.命運的邂逅，而且是多位女性（H GMAE常見情節）

看起來很亂對不對？所以我按照年齡順序編了表格。如下：

女人的浪漫	
十五歲以前	被帥哥搭訕、告白。
十六~十八歲	告白時，要送花、看夜景、煙火。
十九~二十二歲	告白時，至少準備一下蠟燭排愛心、燭光晚餐、泡泡浴等。
二十三~二十五歲	想交往，至少先送些手機、相機、名牌包包、鑽戒的吧。
二十六~二十九歲	所謂的浪漫，當然是要提供跑車兜風、搭郵輪環遊世界旅行、在私人海灘喝下午茶、花瓣浴等以上的等級啊！不然不要浪費老娘的時間！
三十~四十歲	被不要太差的男人求婚，可以的話，希望是有錢人。
四十一歲以後	養寵物。

男人的浪漫	
十五歲以前	・宇宙艦戰艦配上巨砲。 ・合體變形機器人配上鑽頭當武器。 ・巨大人形兵器配上自爆裝置。 ・穿黃金盔甲或是聖衣等肉體機能強化裝備。
十六～十八歲	命運的邂逅，而且是多位女性。
十九～三十五歲	老夫少妻，四十八歲娶十八歲的女高中生。
三十六～五十歲	有女性喜歡自己就好，可以的話，希望是美女。
五十歲以後	看到年輕女性的裙子被風吹飛起來。

於是乎，秉持著硬漢實事求是的精神，我發現了「浪漫」的邏輯軌道。

所謂女人的浪漫，大部分跟**物慾**有關，會隨著年齡日漸增長，二十六到二十九歲到達頂峰時，終於變成看不清現實的妄想。然後在三十歲的時候突然清醒，物慾迅速下滑，此後十年間開始積極找人介紹、相親，變的不太挑，最後終於在四十一歲時看破紅塵，逃離現實，開始把寵物當成小孩養，並發展出「男人都是賤骨頭」、「獨立的女人最美麗」等神奇論調。

而男人的浪漫，則是**打從一開始就莫名其妙，而且還會突發性的熱血起來，不知道在想些什麼**。

隨著年齡漸長，十六歲開始慢慢走出由熱血和自大組成的幻想，發現性慾才是動物的本能，而人類也不過就是動物的一種罷了。某種層面來說，也算是認清了現實的第一步。

隨著年齡漸長，大約到了十九歲，大腦活動頻率開始跟上精子的生產速率，開始知道——現實是殘酷的，人類社會有著該死的一夫一妻制，但還是存有多餘的幻想。

十七年後，少部份人真的實現夢想，來個老夫少妻，但大多數人開始步入不堪的現實，終於發現原來自己不夠帥，不夠有錢，只能乞求老天保佑賞口飯吃，能看就好。積極的會開始相親，而消極的會覺得：「打打手槍也不錯，還是別想太多比較不會難過。」

五十歲之後，偶然看到年輕女生裙子飛起來就會覺得：「啊……老天待我不薄……此生足已……（茶）」

文末，關於浪漫，附上一篇我採訪到的女性的真實回答：

「浪漫就是，我心愛的人帶我到一座滿是紅葉的山上，然後男的在最山頂的那棵樹上先貼好九百九十九張寫滿了『我愛你』的紅葉，當他在那棵樹下對我告白時，紅葉片片飄落，我們在落葉紛飛中相擁，然後在樹身上刻下我們愛情的見證。」

不好意思，這位……她病得特別重。

註一：括弧內是資料來源的動漫作品名稱。

黑道友人的堅持

「人生中的歧路」是我上日文課時，老師所出的一篇作文題目，翻譯成中文，這邊的歧路，並不是指誤入歧途，而是分岔路的意思。

人們總是喜歡說，人生有許多岔路，當你走到那個路口，你就必須為自己的將來下個決定，選擇往哪條路前進，但在我的經驗裡，我的人生真正意義上而言的分岔路並不多。

而許多人口中所謂的分岔路，所謂的選擇，其實是沒得選擇的。

例如說，聯考過後，我們必須用成績來選擇一間學校，這時候人們口中的「分岔路」就出現了，你必須為自己的將來選一所學校。

但，你真的有所選擇嗎？

大部分人的作法，不過就是在分數可以到達、經濟負擔得起的範圍內，挑出最好的那所學校、那個科系。

出了學校要選工作，最終也不過就是在可以選擇的範圍內，人家願意錄取你的範圍內，選一個福利最好，薪水最高，待遇符合自己要求的工作。

而戀愛對象或是結婚對象，不過就是在自己能挑的範圍內，選一個最漂亮最帥、身材最好最能夠帶出門的罷了。

這樣能算是選擇嗎？根本沒得選擇吧。

當然有人會說：「我心中的標準並不是你說的這麼膚淺。」

但這樣說來，也不過就是標準的不同，選擇的依然是標準內分數最高的那個。

例如有人不選名校，他覺得科系更重要，那也不過就是在同科系的範圍內，挑一所最好的罷了；有人選工作不選待遇最好的，但同事必須美女眾多，那也不過就是從可選擇的公司名單中，挑一個最符合後宮標準的罷了；有人找老公不選帥哥，她覺得經濟能力比較重要，那也不過就是在一堆人當中挑一個最有錢的罷了。

這並不是選擇，只是在打分數，打完之後直接挑最高分的。

差別只在於挑選標準的「內容」和「複雜度」的不同，如此而已。

所以，與其用「人生的分岔路」這個名詞，我更喜歡用「**人生的轉折點**」，因為它就是這麼突然的出現了，就這麼突然改變了我人生中某個重要的環節，而這一切，並不是因為選擇，而是順其自然。

我人生的其中一個轉折點，發生在高中，一件旁人看來微不足道的小事。

我有一個好朋友，他身高一八五公分，體型壯碩，而且長著一張非常老成而且兇惡的臉，加上他手上有疤，不熟的人看到他，都以為他是混黑道的，理應操著一口流利的台語，講話的連接詞都是「×你娘」。

可是事實上，他壯碩的體型遺傳自他爸媽，兇惡的臉也是天生的，事實上，他是個心地善良，完全不會講台語的外省人小孩。而且，看似壯碩的他，其實是他們家中最「瘦弱」的，連他妹都比他壯（好強大的遺傳基因）。至於他手上的疤，但那是他國中還沒發育完成時，被班上的惡同學欺負，用燒紅的小刀烙上去的。

據他描述，當他第一次到大學上課時，往教室的路上，新生都會各自讓開到兩旁（用「逃竄」會不會比較恰當？），就像是摩西過紅海一樣，甚至有二年級的學生看到他，還會立正大聲地對他說：「學長好！」（我很懷疑對方說的其實是「大哥好」），簡直比偷抽菸的高中生看到教官還緊張。

他面相兇惡但卻拙於言詞（據個人猜測，這跟他以前說話把小孩嚇哭的心理創傷有關），不知道該怎麼解釋，只好趕緊加速快走，想趕快避開這個尷尬的場面。

終於走到教室，剛進門，教室裡的同學卻突然起立，他為了怕誤會重演，趕緊解釋：「我不是你們學長。」結果對方回的是：「是！老師好！」

有一天，我放學跟他一起搭公車，公車上所有的位子都被學生坐滿了，走道上也零零散散的站著幾個人。此時，一個老婆婆上車了。

我看著前面的人，想說他們應該會讓座吧，可是他們有的把眼神避開了，有的乾脆裝睡，有的竊竊私語，不知道在講些什麼，我觀察著他們，心裡想著：「我是不是該讓座呢？可是老婆婆又離我那麼遠，我這樣也很怪吧。前面的人怎麼都不起身，他們更應該讓坐吧？那個坐著博愛座的人為什麼不站起來？」一瞬間我腦海閃過許多念頭，也幫自己找了許多不讓座的理由，就是想讓自己的行為合理化，不用站起來走向前去。

那個時代，「讓座」並不是個普遍的行為，而是個只存在於教科書，和師長口中的諄諄教誨，從來就不是個現實的概念，因為我從沒親眼看過，所以也充滿懷疑。

就在我幫自己找藉口，掩飾自己的不安的那兩三秒間，坐我隔壁，靠車窗那邊的「流氓同學」看了看前面，然後對我說：「可以借過一下嗎？」我以為他要下車，正驚於他怎麼中途下車時，他又做了一件讓我一輩子都忘不了的事。

他直直的走到前面，一如往常，沒人敢擋他的路。

他走到老婆婆面前，用標準的國語說：「老婆婆，我的位子給妳坐吧。」

老婆婆很驚訝，趕緊說：「不用啦，我站著就行了。」用的是台語。

而這位「流氓同學」趕緊用他極度不流利的台語，混搭著國語，向老婆婆解釋，他等一下就到站了，而且他坐很久了，不想坐了，要老婆婆去坐他的位子。

但我知道，我們才剛坐上車沒多久，等一下也會有更多的人上來，多到擠死人，而且這個時間是下班時間，絕對會塞車，我們要到站，至少還要半個小時。因為這是我們每天坐的公車，所以我知道。

老婆婆最終被他帶到了座位上，坐在我旁邊。

我當時的感覺只能用「震驚」二字形容，沒想到我人生第一次親眼看到讓座，就發生在我身邊，而且是這樣的人，用這樣的方式讓它發生的。當事人完全不認為他在做善事，他的臉上看不出一絲的驕傲，有的只是心滿意足的微笑，就像口渴了喝水那樣的自然。我整路都在思考和反省，從此，我不再為是否讓座感到遲疑。

很高興在我人生的旅程中出現了這麼一位好朋友，他使我懂得，所謂的關心，並不只是心存善念。只有同情的話，那跟嘴砲沒兩樣。

關心，是必須付出行動的，就像我這位黑道同學一樣。

標準的堅持

之前正好在MSN上遇到一位喜歡COSPLAY（註一）的網友，而我妹正好也是這方面的狂熱份子，所以我們就聊起來了。不過我有點懷疑我因為講得比較嚴肅，所以被視為怪人了。

她提到了：

1.基本配備如果沒弄好，會被批得很慘。

2.前一陣子流行《網球王子》（這是奇幻冒險格鬥BL漫畫，沒誤），連髮型也出問題。

3.有時就算準備得很好了，還是會被批「神情不像」。

基本上，我非常認同「認真準備」是好

事。

但我也突然想起（與那位網友的發言無關，只是突然想到），台灣現今的COSPLAY界的生態實在很怪異，批評COSPLAYER最激烈的，往往都是一些自己沒在玩COSPLAY的，批評的角度也不太合乎常理。

例如說「對角色的愛」這件事，我就覺得很荒謬。

因為他們認定「只要有愛，什麼都做得到！」所以你沒有百分之百像動漫人物，你就是沒有愛。

人物設定的作家們，常常為了劇情需要或是美觀，會做出一些違反物理原則的設定，最常見的就是「無視重力」。

這些設定的**無理程度**越高，**配件複雜度**越高，我們就會說「這個角色的**難度**越高」。

照邏輯推論，難度較低的角色，會比較不容易出錯，難度較高的角色，會比較容易出錯。

但這些批評者，對於「是否對角色有愛」，卻是以「和模仿對像的近似程度」來作為標準的。

也就是說，如果有人為了對某個角色的憧憬，而不顧角色困難度，努力想達成一個難度頗高的角色，但因為實在困難所以相似程度勉強達到八十％。

相對的，有人為了偷懶，選擇簡單角色，或者根本就是找一個跟自己比較像的角色來扮演，加上沒有什麼配件，簡單達到九十％的相似度。

請問上述兩者誰比較有愛？

在這種以「相似度和完成度」為標準之下，偷懶的人叫做「有愛」，反而是努力挑戰高難度的角色的人，會被說成是沒有愛了。這是十分不合理的。

邏輯層面我說到這裡，下面我要說物理層面。

一張漂亮的COSPLAY照片，最常被批的就是身材和長相。

他們會說，拍得不錯，可是**臉不像，沒有愛**。

請問，臉是要怎麼修正？用愛能修正長相嗎？

好啦，正好臉也像，可是**身材不像，沒有愛**。

請問，肉體是要怎麼修正？用愛能修正身材嗎？

動漫人物的比例本來就會經過誇飾，正常人不像才是應該的！

最後，好不容易，終於有人臉跟身材都差不多了及格了，抱歉**表情不像，也是沒有愛**。

人類的表情由肌肉控制，並不是每個人都能做到一樣的表情。

而天生肌肉的活動能力，由ＤＮＡ控制，所以說，與其怪COSPLAYER，不如去怪他爸媽，或是怪創造這個世界的神靈好了。

電腦修圖？這更是大不敬啊！徹徹底底的沒有愛!!

說到最後，我們終於發現了，這些批評者的基本論點就是「用愛可以改變一切，甚至ＤＮＡ。」

各位，我們辦不到嗎？

抱歉，這是因為我們都沒有愛啊……

當然啦，「用愛可以改變一切」的支持者會說，只要努力就可以辦得到。身材不像可以減肥，臉不像可以化妝，但如果化了妝還是不像，就是你沒有盡力。

表情不像也可以練習，直到肌肉改變。

至於配件，不管多少也可以自己做，不然也可以花錢訂做。

其實我認為，這些批評者只不過是想表達，「醜女就是侮辱角色」、「沒錢就別玩COSPLAY」這些風涼話而已。

撇開有愛能改變基因的不合理之處，大部分人依然沒有愛。

難道有人因為對角色的愛，把頭髮剃成平頭或光頭來扮演角色嗎？

難到有人因為對角色的愛，真的去整型隆乳成百分之百相像嗎？

說到底，大家也不過就是從喜歡的角色中，找個能力所及的來扮演罷了。

為什麼？因為這只是業餘愛好啊，我喜歡這個活動，所以我就參與這個活動囉。

有必要搞到像是宗教狂熱份子那樣**以身殉道**，才叫做有愛嗎？

最終導致的結果就是，大家為了不要被批評造型沒有愛，所以拼命COSPLAY簡單的角色，例如制服系。為了不要被批評表情沒有愛，身材沒有愛，所以拼命COSPLAY面無表情，華麗厚重的角色。終於造就了台灣COSPLAY界的畸形。

我能理解，一開始用有沒有愛這種說法，就是為了避開「因為對方是正妹，所以我覺得讚。」這種彷彿自己是色狼的尷尬情況。但目前看來，反而讓狀況更加悽慘，正妹依然是正妹，大家還是說讚！不夠漂亮的，現在除了比較少人讚賞之外，還要背負著「沒有愛」的罪名，悽慘之至。

與其這樣，我覺得大家還不如拋開「有沒有愛」，直接坦率地說出：

我覺得這張照片好，因為模特兒漂亮。

我覺得這張照片好，因為衣服很像原著。

我覺得這張照片好，因為配件製作非常用心。

我覺得這張照片好，因為頭髮居然能造型成這樣。

我覺得這張照片好，因為攝影技巧跟後製修圖都不錯。

我覺得會批評沒什麼了不起，找得到人家的優點還能坦率地讚美，才是真正厲害。

我超超超討厭某女藝人的一句名言：「**天下沒有醜女人，只有懶女人。**」

在我大學的某個暑假，我曾經跟一位醫學系的朋友一同搭捷運，那時正好有一位身材頗胖的人進入車廂，我當時說了一句我後來很後悔的話，我說：「我在想，一般人討厭胖子而喜歡身材好的人，應該是因為胖子表現出來的外部特徵就是比較不良。因為胖對於人體不好，所以如果天生就容易胖，喝水也胖，這證明了這個人的基因不良。那如果這個人這個人並非基因不良卻還是個胖子，那代表這個人好吃懶做，沒有自制力，不在乎自己的健康。不論哪一種，都是不好的。」

我說完後，那位朋友轉頭看著那位身材頗為福態的陌生人好一陣子，然後轉過頭來對我說：「看他的樣子，應該是○○病，所以才導致身形腫大。」然後他就沒說話了。

當時我十分震驚，也許我說的話某方面來說沒錯，但我的確沒考慮到疾病的因素，和其他各種非他自己所能掌控的因素（例如因為意外，導致內分泌系統損傷等等），我隨隨便便就把他人的缺點下定論了，還自鳴得意。那天，我整路上沒有再跟那位朋友說過一句話，因為我深深地為這件事感到羞愧，羞愧到我無法再發一言。

而某女藝人的情況就是這樣，她沒考慮到別人或許有不可抗力的因素導致自己不好看，自以為現在科技發達，人醜也能靠整形、靠化妝，衣著品味也能靠閱讀雜誌，靠出入高級場所來學習提升，唯一需要的就是錢，沒有錢也可以努力賺，**賺不到就是懶惰**！身材只要靠運動就能變好，忍住不吃就能瘦下來，**瘦不下來就是懶惰!!**

殊不知，整形技術有其極限存在，而且也不是每個人都能生活一帆風順，順順利利的工作就能存到足夠的錢，也許人家家裡還有很多人需要照顧，生活開支都不夠了，還怎樣像她一樣，沒事上健身房，去SPA，逛街買名牌，添購保養品和化妝品，隨便出張嘴就能有大把鈔票進帳了。

說什麼「天下沒有醜女人，只有懶女人。」

完全就是不負責任的講法！

完全就是天生條件較好的人自以為是的說法！

在我看來，這句話根本就是**促進消費**的商業標語罷了！完全沒有公平性可言!!

看看某女藝人說了這句話之後被多少廠商找去代言就知道了。

她和廠商肥了自己的荷包，卻讓這個世界更加不公平，輿論更加不客觀。

美女除了漂亮之外，現在還自動多了一項勤勞的優點；醜女除了不好看之外，現在還突然成了懶惰的代名詞。

日本人有一句相似，卻完全不同的話，它是這麼說的：

「天底下沒有醜陋的女人，只有還沒被發現可愛之處的女人。」

我覺得很棒，分享給大家。

註一：以下摘自維基百科（日文「コスプレ」），Cosplay，是Costume play的和制英語簡稱（此稱於第二次世界大戰後開始得到廣泛應用），中文一般稱之為「角色扮演」，扮裝行為之一。而當代的Cosplay是一種次文化活動，裝扮者在日文被稱為コスプレイヤー（Cosplayer，可簡稱レイヤー）。當代的Cosplay一般以ACG（動畫、漫畫、遊戲）、電影、影集、偶像團體、職業、或是其他自創角色為目標，刻意穿著類似的服飾，加上道具的配搭，化妝造型、身體語言等等來模仿角色的外觀與演出，以人力扮演成一個「活起來」的角色。

Chapter 4

附錄：硬漢觀察室

流行又響亮的線上遊戲暱稱

我本人不太玩線上遊戲，但是根據我在各論壇打滾多年的經驗，總結出以下熱門單字。不管您是在家玩線上遊戲，或是出外逞兇鬥狠，甚至是幫小孩取名字，幫朋友取綽號，都絕對不能錯過以下精選漢字！

一、首先是必備單字，沒有這些你就遜掉了！

風、楓、火、水、冰、牙、赤、炎、月、星、聖、傻、呆、戀、痕、天、電、雷、空、狂、狼、翼、冷、幽、雲、雪、情、心、疾、藍、愛、紫、黑、光、軒、巧、晴、夢、小、舞、魔、夜、影、貓、紅、龍、烈、冥、浪、炫、戰、寶、刃、刀、劍、嵐、凝、獨、孤、米、仙、靈、飛、翔、靜、鬼、神、霜、御、薪、絕、滅、噬、血、鳳、戰、櫻、花、閃、斬、吹、西、圖、陽、土、金、暗、桃、綠、君、曲、銀、墜、粉、雯、笨、雨、香、矢、殘、夕、春、秋、冬、邪、破、封、煞、伶、望、如、僅、唯、柔、兒、糖、漾、織、羽、淚、俠、傲、王、闇、燄、胤

二、接下來是精選詞組，如果你想要狠，這些是一定要的！

瘋狂、修羅、羅剎、○○殺神

三、然後是裝可愛，當人妖，跪求虛寶，找老公必備詞組！

呆呆、噗噗、小小、笨笨、小○、○愛、○○小可愛、○○小寶貝、○○妹妹，○兒

四、智力超越地球人，喜歡火星文的你，絕對不能錯過以下詞組！

啾、斗、尼、卡、ㄉ、ㄇ、ㄋ、揑、伊……

罪i xxx

唯獨i xxx

揪i xxx

性i xxx

五、如果您想與眾不同，用「洨」代替「小」，也是個相當不錯的用法，最近很熱門喔……

六、特別注意，以下字眼一定要用「簡體」，不然會被其他人嘲笑！切記！

例如：稚气、煞气。

七、接下來是，增加華麗度以及氣勢專用符號。（_的部份為暱稱）

不管您是要拉幫結黨，或是展現個人風采都很好用喔……

Oo_oO　~_~　*~_~*　*_*　〃_^　☆_★　…_★

_£　_〃　o_o　乂_乂　㊣_㊣　卍_　-=_=-

八、最後是，展現個人興趣或惡趣味專區。

以下皆為網友提供的案例，大家可以參考看看。

1.意淫類：「處女膜破壞者」。

2.新歌點播類：「扭仔很忙」。

3.成語改造類：「酒牛腋毛」、「勃大莖深」。

4.電影台詞類：「那晚常威殺了戚家的來福」。

5.台詞接龍類：「太太買根蔥吧」和「今天小黃瓜也很便宜喔」。

6.偽裝成系統類：明明是盜賊，ＩＤ卻叫「神聖火焰法師」。

7.動漫名稱改造類：ＩＤ「禽獸的王者」，寵物叫「模仿少年甲胖」。

8.自己名字跟隊名呼應類：自己「師父說我的條件非常的好」，隊名「師父都騙我……」

以上皆為最新流行現況！

歡迎大家隨時提供更新的流行資訊，謝謝！

小紅帽長大了（淚）

從前有個很可愛的小女孩，大家都很喜歡她，但最喜歡她的是她的奶奶，簡直是她要什麼就給她什麼。

某次，奶奶送給小女孩一頂用絲絨做的小紅帽，戴在她的頭上正好合適。從此，小女孩再也不願意戴任何別的帽子，於是大家便叫她「小紅帽」。

有一天，奶奶生病了，於是小紅帽帶著媽媽給的蛋糕和葡萄酒，去探望奶奶。

小紅帽到了奶奶家，只見奶奶躺在床上，帽子拉得低低的，把臉都遮住了，樣子非常奇怪。

「奶奶，妳的耳朵怎麼這麼大呀？」小紅

帽問道。

「**這是為了更清楚地聽妳說話呀**，乖乖。」

「可是奶奶，妳的眼睛怎麼這麼大呀？」小紅帽又問。

「**這是為了更清楚地看妳呀**，乖乖。」

「奶奶，妳的手怎麼這麼大呀？」

「**這是為了可以更好地抱著妳呀**，乖乖。」

「奶奶，妳的嘴巴怎麼大得嚇人呀？」

「**這是為了可以一口把妳吃掉！**」

偽裝成奶奶的狼，剛把話說完就從床上跳起來，一口把小紅帽吞進了肚子。

直到後來，有一位獵人，碰巧從屋前走過，猛然發現床上躺的是一頭狼，而且牠的肚子裡發出奇怪的聲音，這才把小紅帽跟奶奶從狼的肚子裡救出來，可喜可賀。

後來，小紅帽長大，越來越漂亮，大家都很喜歡她，但最喜歡她的是她的男朋友，簡直是她要什麼就給她什麼。

某次，小紅帽送給男朋友一頂用絲絨做的小綠帽，戴在他的頭上正好合適。從此，男朋友再也拿不下這頂帽子，於是大家便叫他「小綠帽」。

常常小紅帽想逛街，小綠帽就會帶著媽媽給的現金和信用卡，去接送女友。

某次，小綠帽陪小紅帽去逛街，只見女友站在櫥窗前，頭低低的，眼淚都快掉下來了，樣子十分惹人憐愛。

「怎麼了？為什麼難過呢？」小綠帽問道。

「我好想換一支手機喔……Nokia Vertu 限量版只要七十一萬台幣……」

「**這是為了更清楚地聽你說話呀**，北鼻。」小紅帽睜著水汪汪的大眼睛對小綠帽說著。

小綠帽一咬牙，買了。

（不過因為買不起，所以只買了一萬七的「便宜貨」，被唾棄。）

又一次，小綠帽陪小紅帽去逛街，只見女友站在櫥窗前，頭低低的，眼淚都快掉下來了，樣子非常惹人憐愛。

「怎麼了？為什麼難過呢？」小綠帽又問。

「我好想換一臺筆記型電腦喔……鑲鑽的Tulip E-Go只要二十八萬歐元（約一千三百萬台幣）。」

「**這是為了視訊的時候能更清楚地看你呀**，北鼻。」小紅帽勾著小綠帽的手說著。

小綠帽一咬牙，買了。

（不過因為買不起，所以只買了三萬一的「便宜貨」，被唾棄。）

再一次，小綠帽陪小紅帽去逛街，只見女友站在櫥窗前，頭低低的，眼淚都快掉下來了，樣子十分惹人憐愛。

「怎麼了？為什麼難過呢？」小綠帽再問。

「我好想坐坐看法拉力Enzo喔……只要六十七萬美金（約二一七四萬台幣）。」

「**這是為了可以更好地抱著你呀**，北鼻。」小紅帽靠在小綠帽的手臂上說著。

小綠帽一咬牙，買了。

（不過因為買不起，所以只買了四七一二元的「模型」，被唾棄之外還被推倒在地踩了很多下。）

又再一次，小綠帽陪小紅帽去逛街，

只見女友站在櫥窗前，頭低低的，眼淚都快掉下來了，樣子十分惹人憐愛。

「怎麼了？為什麼難過呢？」小綠帽又再問。

「最近因為家裡有困難，可以辦一張信用卡給我嗎？」小紅帽靠著小綠帽的背，輕輕地說著。

（**這是為了把你吃乾抹盡**，連骨髓都吸到不剩啊，你個死窮光蛋！吼！）

偽裝成清純小女生的**美洲豹**小紅帽（註一），剛把卡刷爆，電話就再也打不通了。

而小綠帽，當然立刻被甩了，這毫無疑問。

直到後來……沒有後來了。

獵人一直沒有來，美洲豹至今仍然飢渴的到處獵食著其他小綠帽……（完）

註一：美洲豹是「PUMA」這個品牌的標誌，而PUMA發音近似於台語「破麻」（水性楊花的女人），因此在網路上被大量使用。

值得一提的是，PUMA通常具有「拜金」屬性，聽說有錢人在她們眼中會發光。

對PUMA而言，金錢的味道比男性荷爾蒙的刺激還要更為強烈數十倍。

更奇特的是，外來種比本土種對PUMA而言，更具吸引力！

這種生物特性十分特別，值得生物學家們注意。

我是這樣的女生

最近在網上亂逛，猛然發現某些女生的自我介紹相當公式化，大致脫離不了「我是這樣的女生」的概念。

但是，我發現這些都是美化過的自我介紹，標號的文字為我發現的隱藏含意，大家看看有沒有你們熟悉的女人的特質吧。以下僅供參考，如與事實雷同，純屬巧合。

不想長大的女生

1. 我喜歡裝可愛，我會用鼻音講「口愛……」

2. 我熱愛注音文跟火星文，不用會死。

3. 我從不為我做錯的事情道歉，因為我

是小孩子，我理應享有特權。

4. 責任？賺錢？那是什麼？能吃嗎？我只懂得花錢血拼跟吃東西啦。

5. 我不會洗衣掃地煮飯，我的興趣是看電影、逛街、唱歌、跳舞、睡覺，還有吃好吃的東西，不要跟我講那麼難的東西，我聽不懂。

很愛家人的女生

1. 以後如果要出去玩或是吃飯，記得要連我的家人一起帶去。當然，出國旅行也要。

2. 如果要結婚的話，記得聘金要多，席開三十桌以上，還要幫我家重新裝修，因為我家人太愛我了，我也太愛我家人了。

3. 如果我用我家人當藉口跟其他人出去，請你識相一點，不要過問。

個性直接的女生

1. 我口無遮攔，不懂禮貌，不過反正我漂亮，所以這些都算是優點。
2. 我喜歡損別人，諷刺別人，等別人不高興就加上一句「抱歉，我這個人比較直。」當作免死金牌。怎麼樣，你咬我啊……

愛交朋友的女生

1. 我喜歡交朋友，所以就算我異性朋友比同性朋友多也是正常的。身為一個汽車修理員，身上帶著扳手是很正常的事，所以如果你嫉妒或是懷疑，那代表你心胸狹窄，氣量不足。
2. 我的座右銘是「有福一起享，有難朋友當。」因此，我需要很多很多的朋友。
3. 我前一隻馱獸不堪重負，最近退休了，你想應徵嗎？

個性善變的女生

1. 我換男友比換鞋子快，你看我滿鞋櫃的鞋子，我想你應該了解我的意思。

2. 我高興就罵你，不高興就打你，我整天對你又打又罵，那只是因為我善變，我跟你說過了吧。

3. 我上周喜歡LV，這周喜歡愛瑪仕、下週想要CHANEL，我不是拜金，只是善變，窮小子退散。

喜歡搞笑的女生

1. 我講話很難笑，我只會講不好笑的冷笑話、老笑話，但是當我講的時候，你必須笑！

2. 我是男人婆。

有愛心，想當義工的女生

1. 既然我要當義工，錢當然是你來賺，你不只要養我，還要養我全家大小，然後我負責養貓養狗養寵物。大家分工合作，很合理吧。

為什麼女人偏好高個兒？

說到擇偶條件，很多人喜歡拿演化論來解釋。

他們會告訴你，女人喜歡三高（學歷高、收入高、身材高），是基於為了產生更優秀的下一代，所以是合理的。

學歷高是代表腦子好，腦子好的人在演化上更有優勢，就像我們祖先雖然是老鼠，但懂得吃恐龍蛋，所以活到變成猴子，變成猴子之後因為懂得使用工具，所以老是把自己的毛刮掉，穿別的動物的毛，人類穿皮草的習慣就此展開。

另外，二十四孝中，春秋時期一個叫郯子的人，因為父母年老，患眼疾，醫生告知須飲鹿乳治療，他便進入深山披鹿皮混入鹿群，偷擠鹿乳給雙親喝，也算是一種皮草的應用，不過他沒學位就是了。

收入高是代表比較能提供良好的條件養育下一代，就像我們的祖先，肉體強壯狩獵技巧高明，可以打到更多的獵物讓自己下一代吃飽穿暖好好長大。

而時代進步至今，收入比狩獵技巧更為重要，因為要是自己的小孩刷卡刷到爆表，父母又付不出來的話，很可能還來不及傳宗接代生孫子，就要去全家燒炭自殺了。

另一個可能就是，如果錢不夠多，家裡偏偏又有一個死小孩，整天吵著非名牌不用、不買遊戲點卡就自殺之類的，也難保父母不會想先提早送那個混蛋上路。

學位高、收入高我們都可以用演化優勢來解釋，唯獨這個身高啊，有人說這是代表身體好所以長得高，這我實在接受不了，說「壯」代表身體好我還比較能理解，高是要幹麼？長頸鹿這麼高是為了吃到樹上的葉子，所以高當然好，一般人長那麼高是要幹麼？幫忙修剪路樹？還是清掃高處、換燈泡方便？

「為什麼女人會偏好高的男人？」

這樣的疑問在我腦海中盤旋已久，一直到最近，我終於找到了解答！

仔細觀察各大相簿網站，我們可以發現，女生貼出來的照片，絕大多數都是偏一邊的，不是偏左就是偏右，不然就是由上往下拍，絕對不會是由下往上拍。

其實這也滿容易理解的，每個人一定有一個自己覺得最漂亮的角度，但那個角度絕不會是在鼻孔下方。大家可以做個試驗，把相機擺在下方往上拍，我們可以發現，自己的鼻孔變成兩倍大，雙頰面積寬廣了一・五倍（所以有人拍胸部特喜歡由下往上），連層層交疊的雙下巴都一覽無遺，最可怕的是，不論是誰，此時都會豬八戒附體，變成朝天鼻狀態！

也就是說，由下往上的這個視角，在生物學上來說，對於吸引異性是非常不利的，就算有人的ＤＮＡ驅使女性專找比自己矮的男性，最終也會由於找不到繁衍對象而滅絕，這**就是達爾文的物競天擇**。

好了，撇除下面的視角，我們還有左邊右邊跟上面，但是有人可以老是走在另一半的左邊或右邊嗎？或者在另一半即將走到錯誤視角的時候，自己來個空中轉體三百六十度的高難度動作，空翻到另一側，取得正確視角。這在進行到最後一步的繁衍步驟前，恐怕會先體力不支倒地才對。

因此，電影「侏儸紀公園」中說得對：「生命總會自行找到出路！」最終女人們會發現，唯有「由上往下看」這個視角，才會讓自己在繁衍後代的過程中有著最高的攻擊力！網路相簿裡的女人們，競爭到最後，勝出的也總是那些固定視角，由上往下拍的個體。（註一）

所以說，女人們喜歡高的男人，並不是因為高的物種比較優秀，而是因為自己身高比對方矮的話，可以增強偽裝效果，攻擊力增加三十％，防禦力增強五十％，可以增強自己在演化上的優勢！

久而久之，女人中喜歡高個子男人的這種基因得到繁衍的機會變大，相對的，喜歡矮個子男人的基因因為得不到交配機會，漸漸的消失在歷史長流之中，最終，女人們都變得較喜歡高個子男性了。**這就是進化**！

古人說：「情人眼裡出西施。」

現代人說：「我們要換個角度欣賞別人」、「多看看別人好的一面」，說的就是這個道理啊！

最終我們得到了結論：女人選擇三高的男人，的確是有生物演化上的理由，但在身高方面，並不是因為高的男性DNA較好，而是因為高的男性給予了更多女性攻擊的機會（例如，攻略一八〇公分的男性時，身高一五〇到一七五公分的女性都可加成攻防，但攻略身高一六〇公分的男性時，則只有身高一五〇到一五五公分的女性可加成攻防了，沒加過攻防係數的女性，很容易因為攻擊力不足而繁殖失敗。），這才是真正的理由。

說到這邊，我曾經有過數次看到女性友人MSN上的大頭照，結果卻認不出人的經驗，每次我都想問：「這到底是誰啊？」

不過認真想想，所謂的「捕捉獵物用的陷阱」，不就是要偽裝到看不出來的地步才有效果嗎？因為我也很識相的閉嘴了，畢竟「妨礙人類進化」可是重罪啊……

註一：相關研究，在我第一本著作《超噓！日本妙事》中〈日本反轉式的禮貌〉一文內有詳細的分析。

寒風中的代打

以下由網友第一人稱的視角描寫：

我媽的朋友是一位幼稚園老師，某天正好是新學期的開學第一天，想說閒來無事跟她一起去物色一下今年新入貨的**正太**（年幼可欺，滑嫩誘人的可愛小男生），可是等了老半天，也沒發現什麼值得下手的貨色，正打算返回教室挑些小菜就算了，沒想到，遠處突然一道**貴氣**直衝而上，灌入雲霄。

我渾身一震，心想：「究竟是什麼樣的極品，居然有如此氣勢……看樣子，今天的等待，沒白費啊。」我把因為激動而泛出手汗的雙手在牛仔褲上抹了抹，嘴角微微向上。

不久只見一位相貌普通的小男生走過來。

生。

「應該不會是他吧，這只是一般貨色而已啊。」我疑惑的看著眼前的小男生。

老師向前迎去，正想對小男生打招呼時，突然眼前一花，一位大嬸居然就這麼憑空出現在我們眼前，以護駕的姿態檔在我們面前。

這種架勢，這種身手……要不是她身上掛滿了小孩子的書包和雜物，蒙上臉搞不好我還真的會以為她是日本忍者。

我跟老師都愣住了，後來老師回過神想向前詢問相關事宜時，那位大嬸突然一個箭步，直接縮短了她和老師之間約三公尺的距離，完全就是高手風範。接著她一抬手，阻止了想接話的老師，直接開口了。

她說：「我們家小孩很乖的，真的很乖的，老師你千萬不要罵他啊，他超乖的，像他那麼乖的小孩，也絕對是沒有打的必要啦，真的，像我家這麼乖的小孩……（以下省略八百多字，當中**好乖**二字佔二十五%）。」

老實說我站在一旁一直在想：「如果真的很乖，幹嘛還要特別交代不能打不能罵，誰會沒事去打一個很乖的小孩啊？」

正當我思索著各種可能時，那位大嬸的一句話牽動了我的注意力。

「他平常真的很乖，不過如果他真的不乖的話……」……？

「那你就打她吧，打得越用力越好！打到她哭，打到她叫，打到風雲變色海枯石爛，只要她哭得夠慘，我家小孩看了就會知道這樣做不可以，他就會嚇到，下次就不敢了。」忍者大嬸指著**別人家的**小女孩，一位她剛剛一轉頭才發現的小女孩，語出驚人的直接把對方賣了。

「……」春風吹過，我跟那位幼稚園的老師全呆立在原地。

而小女孩完全不知道自己已經被陌生人賣了，依然流著鼻涕，傻傻的吃著棒棒糖。

後來網友跟我轉述這件事的時候，我第一個反應是：「靠，原來還可以找代打的喔……。」

她說：「你不懂啦，皇室成員都有**影武者**的，**代打**算什麼。」

我總算瞭解她那天為何會看見沖天而上的貴氣了……。

這是一段網友在MSN上跟我的談話，她告訴我她住的鄉下，到現在重男輕女觀念都還是很嚴重。

我覺得她的這段經歷滿有趣的，所以重點不變，略加改寫後放上來。（其實改很大XD）

如果大家有什麼有趣的經驗也請告訴我喔！

後記

上一本書出來之後，上電台受訪時，自己被問到最多的問題就是：「你本人說話的感覺怎麼跟書上的內容差這麼多？」、「你怎麼會想到這些啊？」、「你以前的生活到底是怎樣的啊？」可見大家對一個變態，啊不是，是一個硬漢的成長過程相當感興趣，於是我便開始一邊回想一邊寫這本書了。

回想起以前的事，除了我身邊族繁不及備載的變態朋友的趣事之外，我偶爾也會想到一些不開心或是有點後悔的往事，然後我就會想：「要是當時我能再多一點勇氣就好了，要是我再多堅持一下就好了。那麼，事情也許能有個更好的結局也說不定。」話雖如此，直到今天，意志力不夠堅強的我，仍然無法成為一個「逆境＋勇氣＋堅持」三合一的完美硬漢，所以我也想寫點什麼來堅定一下信念。

最終，我決定將把這些東西全部寫進去（撒尿牛丸？），貫徹「硬漢路線」。

我想以有趣或是惡搞的方式來說明一些我認為很重要的東西，可是寫著寫著，單純惡搞的文章莫名其妙繁殖得越來越多，而認真的部份，最後居然被侵蝕到只剩下標題了……這也是逆境啊！（遠目）

當然，在這樣亂來的內容當中，大家如果能獲得些什麼是再好不過了，不，應該說是天縱英才，太了不起了！

不過如果看完整本書，也只是覺得很白痴、很好笑，那絕對正常！

但換個方面來說，純粹笑一笑不也很好嗎？

這整本書的完成，真的要感謝不少人，例如：

把我從小養大，容忍我的任性的雙親大人。

製作愛心餐點，讓我不至餓死的老婆大人。

三不五時催稿，製造逆境給我的編輯大人。

還有默默成為我寫作材料，至今都不曉得自己被我出賣了的可憐朋友們。真的很感謝你們！

特別要感謝的人還有情意相挺的「劉謙大師」。

感謝你連「人生」都拿來掛保證的超級推薦！果然是男子漢！

最後，我很不要臉的附上自己的E-Mail，不管是有趣的事情（遇到外星人）、不爽的事（外星人不帥）、難過的事（不帥的外星人居然拒絕自己的告白）或是奇特的遭遇（你擊落那位不識相的外星人的飛船，並拒絕損害賠償），只要是想告訴我的話，都歡迎來信喔！不過運氣不好的話，可能會被我寫到部落格或是下一本書上就是了。XDD

我的E-Mail：dr.dolls@gmail.com

我的部落格：http://qq0526.blogspot.com/「空中的人形醫生」（↑歡迎異性搭訕）

我老婆的部落格：http://amy0530.blogspot.com/「咩咩叫的咩嚕咩」（↑禁止異性搭訕）